愛は悲しみを越えて

ペニー・ジョーダン 作

大島ともこ 訳

ハーレクイン・ロマンス

東京・ロンドン・トロント・パリ・ニューヨーク・アムステルダム
ハンブルク・ストックホルム・ミラノ・シドニー・マドリッド・ワルシャワ
ブダペスト・リオデジャネイロ・ルクセンブルク・フリブール・ムンバイ

YESTERDAY'S ECHOES

by Penny Jordan

Published by Harlequin Japan, a Division of K.K. HarperCollins Japan, 2020

ペニー・ジョーダン

1946年にイギリスのランカシャーに生まれ、10代で引っ越したチェシャーに生涯暮らした。学校を卒業して銀行に勤めていた頃に夫からタイプライターを贈られ、執筆をスタート。以前から大ファンだったハーレクインに原稿を送ったところ、1作目にして編集者の目に留まり、デビューが決まったという天性の作家だった。2011年12月、がんのため65歳の若さで生涯を閉じる。晩年は病にあっても果敢に執筆を続け、同年10月に書き上げた『純愛の城』が遺作となった。

主要登場人物

ロージー……………………保険代理店経営者。
クリシー……………………ロージーの姉。
ニールとジェマ……………ロージーの両親。
ジムとルイーズ……………ロージーの両親の友人夫妻。
ジェイク……………………ギリシアのマリーナ経営者。
リッチー・ルーカス………ジェイクのいとこ。
ナオミ・ルーカス…………リッチーの妻。

1

「もちろん、四十で出産する人は最近たくさんいるわ。でも。子供たちがなんて言うか……。だいいち夫婦生活にしたって、大人になりかけの子供がいるとどんなに気兼ねするか、あなたにはわからないでしょうね。夫婦でベッドを共にするのがなんだか悪いことのような気がして、恥ずかしくなっちゃうんだから驚きだわ。あなたのほうはこのごろどうなの？　いい人はできた？」

ロージーは、胃がきゅっと引きつるのを感じた。どうか、心の中の緊張が顔に出ていませんように。

クリシーは十歳近く年上なので母親のような態度をとる。姉がわたしの私生活に口を出したりあれこれ知りたがったりするように、わたしが彼女の私生活にくちばしを入れれば、クリシーはかっとするに決まっている。姉は、自分の質問がプライバシーを侵害するでしゃばったものだと思われているなんて想像もしていないだろう。そうはいっても、クリシ

「近ごろ、命名式に行くのが怖いわ。赤ん坊という言葉を聞いただけで、また子供が欲しくてたまらなくなるんですもの。ティーンエイジャーの子供が二人もいるんだから、もっと分別があってもよさそうなものなのにね。理由はわかっているの。空の巣症候群にかかるのが心配なのよ。だって、この先に何があるっていうの？　グレッグは中年の危機を迎えるし、わたしは更年期……。ロージーったら、ねえ、聞いてるの？」

ロージーは姉のほうにおとなしく顔を向け、ちゃんと聞いていたという証拠に今聞いた話を繰り返した。

ーはわたしを愛してくれているし、たとえどんなにぶしつけな質問をしてきても、それはわたしを愛し、心配してくれているからだということはわかっている。

それに、今日のわたしはとりわけ神経質になっている。命名式というといつもそうだった。わたしがどんな気持でいるか姉にわかってほしいと思うけれど、それは無理な話だ。身を引き裂くような苦痛、喪失感、そして苦悩……。

クリシーが、もうひとり子供を産みたいなどと平気で言うのもうなずける。仕事一筋、男性を警戒して近づけないようにしている三十一歳の独身女性は、何も感じないと思い込んでいるのだから。子供を抱いた女性を見るとどんな思いがするか、クリシーにはわからないのだ。胸の内の痛いほどの喪失感――動揺や苦痛、敗北感や恐怖などが入りまじった、言葉に表せないほど複雑なさまざまな思いを感じることがどういうものか、姉にはわからない。それにしても、いい人はできたかだなんて、クリシーったらよくきけたものだわ。

ホプキンズ夫妻の家の庭はそれほど広くない。ニールとジェンマは交友関係の広い夫婦で、命名式のパーティーに大勢の人を招待していた。たまたまうしろにいた人があとずさって、ロージーの背中にがつんと肘が当たった。痛い！　グラスの中身がこぼれ、ロージーは顔をしかめて思わず振り返った。

「まあ、ごめんなさい」相手の女性は即座に謝ったが、ロージーは聞いていなかった。

ショックと拒絶反応で彼女の全身は凍りつき、目は数メートル先からこちらを見つめている男性に釘《くぎ》づけになったままだった。

ジェイク・ルーカス！　いったいここで何をしているの？　人のことをじっと見つめたりして。彼がニールやジェンマの知り合いだなんてちっとも知らなかった。彼が来るかもしれないと、ちらっとでも思ったら……。

「ロージー……」

心配そうな姉の声に反射的に反応し、ロージーは身震いした。それと同時にショックによる体のこわばりも消えた。

数メートルの距離を置いたまま、ジェイク・ルーカスはロージーから目をそらさない。彼の視線で体が焼けつくようだ。彼がどんなことを考えているのか、ロージーにははっきり想像がついた。彼の目を見なくても彼がわたしのことをどう思っているかよくわかる。

「ロージー……」

クリシーは今度はロージーの腕に手をかけ、いかにも姉らしくしっかりしなさいといわんばかりにかすかに揺すった。

「どうしたの？　どこか悪いの？」

悪い？　ロージーの頭の中で、警報がけたたましく鳴った。

「何も……どこも悪くないわ」彼女は急いで打ち消し、姉のほうにさっと向き直った。肩で切りそろえた赤褐色の髪が一瞬扇のように広がり、またもとのスタイルに落ち着いた。守りを固めるようにうつむくと、そのつややかな髪の陰に顔が隠れた。

ジェイク・ルーカス。顔をそらしても、彼の顔は脳裏にしっかりと焼きついている。今、ロージーの目に映っているのは断固としているが心配そうな姉の顔ではなく、厳しく男らしい彼の顔だった。軽蔑《けいべつ》したように口元をゆがめ、鋭く冷たい灰色の目に嫌悪感をみなぎらせてわたしを見ている彼。立っているその姿は、二人だけが知っているわたしの秘密を忘れてはいないと語りかけていた。

「ロージー、いったいどうしたの？　なんでもないなんて言ってもだめよ。真っ青じゃないの。日に当たったせい？　帽子をかぶっていなくちゃだめでしょう。あなたは日射病にかかりやすいんだから。今日は運転して帰らないほうがいいわ」クリシーはなじるように言う。

感覚がすっかり麻痺《まひ》してしまったようで、ロージーはさかんに姉さん風を吹かせるクリシーに言わせるままにしていた。今度ばかりは〝わたしは大人よ、姉さんの子供じゃないわ〟と独立心を主張することもできなかった。

「どちらにしても、そろそろ失礼する時間だわ。グレッグに遅くはならないって言ってきたの。今晩カーティス夫妻を呼んでいるのよ。だからアリソンとポールに家にいるようにさせないとね。あの子たちが日曜の夜に出かけるなんて賛成できないわ。ポールはもうじき大学の入学資格試験だし、アリソンは来年中学の卒業試験よ」

ロージーは姉が勝手にしゃべるに任せ、黙ったままだった。ジェイク・ルーカス……。この前、彼に会ったのはいつだろう。四年前？　それとも三年前だっただろうか？　だが、ショックで頭が混乱していて考えがまとまらない。

ジェイクは町の反対側に住んでいるため、出会うこともなかった。つき合う人たちもまったく異なっているし、ギリシアの離れ小島にあるマリーナを共同経営しているので、イギリスを離れていることが多い。

年齢も、わたしよりクリシーのほうに近い。自分のほうがジェイクより年上の姉でさえ、彼には畏敬《いけい》の念を抱いている。

ジェイクはそういう男性なのだ。

わたしの気持は畏敬の念を抱くというのとは違う。どう言えばいいのだろう……。彼はわたしの恐怖や苦痛、パニック、苦悩といったすべての感情を呼び起こすだけでなく、ほかの、もっとずっと耐えがたい感情をかき立てる。

ジェイクという名前を聞いただけで恐ろしさと恥ずかしさで冷や汗が出てくる。その彼に会うなんて……。それも、まるで予期していない、感情がデリケートになっている今日のような日に。命名式に出たため、すでに気持は揺れていた。過去の苦しみがよみがえり、まわりの人たちに隠し続けてきた苦痛が重荷となってのしかかっていた。

クリシーはしっかりした足取りでぎっしりつまった人々のあいだをぬっていく。その彼女に腕を取られたまま、ロージーは黙ってパーティーのホストとホステスのところへ向かった。

ホプキンズ夫妻の三人目の子供は、父親のニールの腕に抱かれてすやすやと眠っている。彼は眠っている娘を器用に抱き変えながら、まずクリシーに、ついでロージーにキスをした。手慣れた様子で赤ん坊を扱うニールの姿を見て、ロージーはねじれるような痛みを感じた。

「きみもそろそろ、赤ん坊を抱っこしてもいいころじゃないのかい？」ニールはロージーをからかった。

その言い方は、決して意地悪でも思いやりに欠けるものでもなかった。ロージーはニールやジェンマと学校が一緒で、ジェンマとは同い年だ。そういえば同級生の中で、結婚も同棲《どうせい》もしたことがないのはわたしだけだわ。ロージーはみじめな気持で思い起こした。友人の中には再婚した人さえいるっていうのに。

まわりの人たちが自分に興味津々なのは、ロージーにはわかっていた。みんながわたしのことでどんなことを話題にしているかまで見当がつく。生まれつき感じやすく内気な性格なので、他人との違いがひどく気になる。ほかの人たちがみんな経験しているらしいこともわたしには経験がないと思うと、人とかけ離れているような気がして仕方がない。

かといって、ロージーは魅力がないわけでも男性を引きつけられないわけでもなかった。四カ月前、三十一歳の誕生日に、ロージーがいつまでも独身でいるのを常々不満に思っていたクリシーは、さもいらだたしげにこう言った。

〝あなたったら、男の人が近づこうとすると、それはよそよそしい態度をとるんですもの。相手の人が気の毒よ〟

母親のほうはもう少しものわかりがよかった。しかし、姉と同様、心配していることに変わりはなかった。

〝どうしてなのかしらねえ、ロージー。あなたはお人形遊びが大好きで、小さなころから『お嫁さんになって赤ちゃんを産むの』と言っていたのに。あなたたちのうちでキャリア・ウーマンになるのはクリシーのほうだと思っていたわ。もちろんあなたの人生だもの、こうしろああしろと言うつもりはないのよ。ひとりでいるのがあなたの望みなら……〟

〝ええ、それが望みなの〟ロージーはきっぱりと答えたが、自分でもそれは嘘《うそ》だとわかっていた。そして母もそれをわかっているという気がした。

けれど、どうして母に説明できるだろう。母ばかりではない。自分がこんなふうになった原因を、どうしてほかの人に打ち明けられるだろう。罪悪感や苦痛、自分の本当の姿を発見したショック。堕落と屈辱の体験……。わたし自身の愚かさを、ほかの人間に見られたなどと話せるわけがない。それはあまりに苦痛だった。それから自分を切り離すしか対処する方法がなかった。ことが起きる前のわたしとことが起きたあとのわたしを切り離し、まったく別の自分を作り出そうとした。もっと慎重でずっと分別のある、自分を抑えられる人間になろうとした。いったいどうして、十五年前のあの出来事を人に話せるだろう。話したら、みんなはわたしをじろじろ見て責めるだろう。ジェイク・ルーカスがそうしたように。人に話すなんてとても恐ろしくてできない。

何年ものあいだ、ロージーは心の中で繰り返し繰り返しあのときのこと――ジェイクのいとこのリッチー・ルーカスにレイプされたときのことを振り返っては、すきを与えた自分を憎んだ。なぜもっと用心しなかったのだろう。なぜどんなことになるか気づかなかったのだろう。

リッチーをそそのかしたりしたことは一度もない。その点ではわたしは悪くない。肉体的に彼を求めていると思わせるようなことは何ひとつ、そぶりに見せたことも口に出したこともない。どうしてそんなことができただろう。わたしには欲望がどんなものかさえわかっていなかったのだから。

十五年前のわたしは、ひどくうぶで世間知らずの十六歳だった。幼稚なうえに内気すぎて、異性を意識することさえなかった。

たしかに、わたしはリッチーを誘ったりしなかった。あの飲み物を口にしたために彼を止められなかったのだ。でも、今では世間がどういうものなのかよくわかっている。もしどんなことになったかを話せば、わたしが本当に誘わなかったのかどうか疑う人間がきっと出てくるだろう。打ち明ける相手が男性ならなおさらだ。

けれど、相手に打ち明けないまま深いつき合いをすることなどできなかった。好きになった相手には、わたしのすべてを話したい。誰にも内緒にしていた恥ずかしい経験、いまだに心うずく過去を秘めたわたしの心を打ち明けたい。

愛した男性がジェイク・ルーカスの示したような嫌悪を表して去っていったらと思うと恐ろしかった。だから、そうした経験を避けるために男性を好きにならないようにしてきた。そのほうが安全だった。傷つかないように自分を守ることが何より大切だったのだ。独身を通していることで人からあれこれ言われると、今のままで満足だと落ち着き払って答えた。いつもはその冷静さ――抑制が、それ以上人にあれこれ言わせず自分を守る盾になってくれたが、今日は違った。

ニールに抱かれて安心して眠る赤ん坊の姿を見ると、心をかきむしられるような気がして、いても立ってもいられなかった。それに、ジェイク・ルーカスがこの庭の人込みのどこかにいて、きっとまだわたしを見ているに違いないと思うと……。

冷や汗がにじんできてロージーは身震いした。ニールが急に心配そうな顔つきになるのがわかったが、どうすることもできなかった。

「暑さのせいよ」クリシーの声がした。「妹は日差しに弱いの。赤毛と白い肌のせいね。ずっと帽子をかぶっていなさいと言ったのに」

クリシーにしっかり手を取られ、その場を離れながらロージーはふと思った。クリシーのような姉がいてよかったのかもしれない。

ところがクリシーにひとりで運転して帰るなんてとんでもないと言われ、ロージーはすぐさまその考えを改めた。

「車がないと困るのよ」

「いいえ、今のところ必要ないわ」クリシーはロージーが言い張るのにも耳を貸さなかった。「日射病にかかったにしろ何にしろ、具合が悪いんだから明日だって車はいらないでしょう」

「どうしてもいるのよ。明日の朝、チェスターで人と会う約束があるの」ロージーはなおも言い張ったが、クリシーはかまわずに続けた。

「ロージー、あなたもいい年でしょう。もっと分別があるかと思っていたわ」クリシーは文句を言いながら車のドアを開けた。「あなたって、ポールやアリソンより始末におえないときがあるわ。いいから乗りなさい、送っていくわ。今晩カーティス夫妻を呼んでいなかったら、うちに連れて帰るんだけど。わたしにはあなたがわかって……」

気分が悪くなってロージーは目を閉じた。本当に体の具合が悪いかのように、全身に力が入らず吐き気がする。だが、原因が何かはよくわかっていた。というより、こうした現象を引き起こした犯人が誰なのかわかっている、と言ったほうが当たっているかもしれない。

どんなに理屈をつけようとしても無駄だ。ジェイクを見た瞬間の気持、彼に対する反応が、過去に葬り去ったはずの心の傷を思い出させる。

ジェイク・ルーカス。彼がもし、十五年前のあの夜、あそこにいなければ……。

しかし、ジェイクはあの場にいた……。

クリシーがばたんとドアを閉め、車のエンジンをスタートさせると、ロージーは顔をしかめた。さっきのショックが消えず、今でも吐き気や冷や汗が止まらない。ホプキンズ夫妻の生まれたばかりの赤ん坊を見て、身を切られるような痛みを味わってさえいなければ、ジェイク・ルーカスを見たときももっと落ち着いて振る舞えたはずだわ。ロージーはみじめな気持で自分に言い聞かせた。

姉が何かしゃべっている。帽子を脱いだことで、まだあれこれ文句を言っているらしい。

「あなた、帽子をジェンマのベッドに忘れてきたでしょう。車を取りに行ったときに、忘れずに持って帰るのよ」

ロージーは、姉一家の家から数キロ離れたところに住んでいる。こぢんまりしたモダンなフラットを売り払い、人里離れた壊れかかった農家用のコテージを買ったと知ったとき、クリシーがどんなに大騒ぎしたかロージーは今でもよく覚えていた。

〝お金をどぶに捨てるようなものよ〟姉は厳しいこ

とを言った。〝一度、冬を過ごしてみるのね。それこそ陸の孤島よ。完全に孤立しちゃうんだから〟

ロージーが小声で〝おお、神様〟と言うのを聞きつけ、クリシーはさも気に入らなそうに顔をしかめながら説教した。

「あなたをたったひとりで残していくなんて気が進まないわ」姉はコテージの前に車をとめて言った。

「クリシー、大丈夫だったら。うるさく世話を焼くのはよして。わたしは一人前の大人よ、子供じゃないわ」ロージーはうんざりしたように言った。

「あなたはいまだにねんねの妹よ。一人前の大人なら、どうしてちゃんと帽子をかぶっていなかったの？」クリシーはずけずけと言った。

ロージーは車から降りながらため息をついた。いかにもクリシーらしい。姉はいつも最後のひと言を決めずにはいられないのだ。けれど、その高飛車な態度の奥では、本当にわたしを気づかってくれている。心配そうな表情を目に浮かべたクリシーを見たとたん、ロージーのいらだちはすっと消えた。

「心配いらないわ。ひと晩ぐっすり眠れば……」

「明日の朝電話して」クリシーは命令するように言った。「アリソンとポールを学校に送ってから車を取りに迎えに行ってあげるわ」

ロージーはまたしてもいらだちがこみ上げてくるのを感じた。明日の朝十時にチェスターで人と会う約束がある。クリシーが迎えに来てくれるのを待っている時間の余裕などないし、約束をキャンセルするつもりもない。何カ月もの難しい交渉のあげく、やっとイアン・デービスと会うところまでこぎつけたのだ。一生懸命働きかけてようやく取りつけたこの約束を、ふいにするつもりはなかった。

父親が仕事を退いたあと、保険代理店を引き継いだことで驚いた人が大勢いるのはロージーにもわかっていた。クリシーはことにびっくりしたようだ。

ロージーは専門の資格も持っていたし、初めに大手の代理店で、次に、父親が引退するまで三年ほど彼のもとで働き、実地経験も積んでいた。ところがいざ代理店を引き継ぎ、女手ひとつで経営するようになると父親のもとで働いていたときとは事情が一変した。

初めはクライアントに受け入れてもらうのが大変だった。だが、あるとき彼女は特別複雑な保険請求手続きを扱い、クライアントに補償金が下りるようにした。その相手は別の代理店と契約していたが、保険会社から満足な補償金が得られず、彼女のところに来たのだった。彼はロージーの手並みに感服して、彼女を友人たちに紹介してくれた。それでも男性社会の厚い壁を突き破り、自分の能力に対する自信のなさを打ち破るためには毎日が闘いの連続だった。

普段は物静かで、つつましやかだという点もかえってマイナスに働いた。身長にしても百五十五センチそこそこだし、自分でもじれったくなるほどきゃしゃで、顔立ちも女らしい。一見したところ、クライアントの契約している保険会社が使う卑劣な手口にはとうてい太刀打ちできないように見える。もちろん、会社のほうは汚い手口だなどとは思っていないのだが。

彼らに言わせれば、それが駆け引きというものだという。それは力の正統な行使であって、脅しに屈して最初の主張を取り下げたり、はるかに低い金額で妥協したりする弱腰の人間はお気の毒さまというわけだ。

しかし、ロージーはそうした手口を嫌っていた。必要ならば、驚くほど容赦ない態度も、断固とした態度もとることができた。けれども、父親が引退してからの二年間は、大きな代理店に仕事を奪われているというのもまた、逃れようのない事実だった。

がっかりすることはないわ。市場は開けているわ。わたしはクライアントの要望にきちんと時間をさいて、適切な処置が取れるのだもの。そういう代理店を求めているクライアントがいるはずよ。問題は、顔の見えない大きな代理店よりもうちのほうがずっとすぐれているとクライアントに納得させること。ロージーはそう自分に言い聞かせた。

明日の午前中、イアン・デービスに会ったとき、彼にうちのよさを納得してもらおう。

現在イアン・デービスが手続きを任せている保険代理店がほかの代理店と合併して以来、彼が不満を持っていると人づてに聞いた。彼の所有している貸家で火事があり、保険金の全額支払いを請求したもののの、保険会社から拒否されて不満が余計つのったらしい。ロージーは今がチャンスだと思い、彼と会う約束を取りつけたのだった。

イアン・デービスは父親と同世代だ。自分で会社を経営しているような女性を相手にするのは、どうも落ち着かないと思うタイプだろう。彼を説得して保険の代理店契約を取りつけるのは大変に違いない。でも、トライするだけはトライしてみなくては。

男性に勝るとも劣らないくらい有能なのだと、他人にも自分にも証明するのだ。それは、女性失格イコール人間失格ではないと証明すること。自尊心の喪失や、愛されるに足る人間だという自信の喪失イコール生きる喜びの全否定ではないと証明することだ。

喜びがすべて否定されたわけではない。否定されたのは、いつか得られると思っていた喜び――愛し愛される喜び、子供を産み、家族を持つ喜びだ。

ドアを開け、暗い玄関ホールに足を踏み入れた瞬間、ロージーはやり場のない怒りの涙がにじんでくるのを感じた。

いまいましい、ジェイク・ルーカス！　どうして、よりにもよって今日の午後、彼はあの場にいたりしたのだろう。どうして、いつまでも過去がつきまとうのだろう。過去の破壊的な触手から逃れられないのはいったいなぜ？

2

ロージーはタクシーを呼んだ。この時間になればパーティーも終わって、お客は全員帰っているだろう。もちろんジェイク・ルーカスも……。車は道路にとめてきたから、わざわざホプキンズ夫妻をわずらわせることもない。

タクシーを降りたときは午後九時をまわっていた。だが夏の空はまだ明るく、日中の熱気が残っていた。ジェンマとニールは好天に恵まれてよかったわ。ハンドバッグの中をかきまわし、車のキーを探しながらロージーは思った。

「やあ……捕まえたぞ」

ロージーはぎょっとしたが、ニールのからかうような声に気づいてほっと体の力を抜いた。

「ジェンマがきみの着くところを見たんだ。ちょっと寄っていかないか？」

ロージーは理由をつけて断ろうとしたが、ニールは聞こうともしない。彼女は道路と車まわしの両方にちらっと目を走らせた。思ったとおり、とまっているのは自分の車とジェンマとニールの車だけだった。ほかのゲストたちはみんな帰ったあとなのだ。

「おじゃましては悪いわ」ロージーはなんとか逃れようとしたが、ニールはかまわず彼女の腕を取った。

「実は、相談したいことがあるのさ」彼はロージーをうまく説き伏せながら玄関に向かった。「アビーの命名式のプレゼントにまとまった額のお金をもらったんだ。ぼくたち、そのお金でアビーのために小口国債を始めようかと思っているんだけど、どうだろう？」

十分後、ロージーは居心地のいいキッチンに座ってジェンマの話に耳を傾けていた。ジェンマは、アビーが大きくなったときにまとまったお金が入るようにしておいてやりたいと言う。

赤ん坊はジェンマの腕の中ですやすやと眠っている。息子二人の言い争う声を聞いて、ニールは様子を見に二階に上がっていってしまった。玄関ホールの電話が鳴る。赤ん坊は目を覚まして泣き出した。

「ロージー、ちょっとこの子を抱いててちょうだい。電話に出てくるわ」ジェンマが赤ん坊を押しつけたので、ロージーは抱き取るほかなかった。

赤ん坊は温かく抱きごたえがあり、すぐにそれとわかる独特のにおいがした。

ロージーは体をこわばらせ、ひどく緊張して赤ん坊を抱えた。胃が引きつり震えが走る。

不器用な抱き方をされ、母親の体のぬくもりを奪われた赤ん坊はいっそう激しく泣き出した。

それは生まれたばかりの赤ん坊特有の、つんざくような、体の奥深くに響くような泣き方だった。ロージーは本能的に赤ん坊を胸に抱き寄せた。小さな柔らかい頭を肩にもたせかけ、緊張して突っ張っている赤ん坊をあやした。

赤ん坊は頭を動かし肌に鼻を押しつけてくる。それは反射的な反応で深い意味はないとロージーにもわかっていた。だが一瞬のうちに体が激しく反応し、自分でも震え出したのがわかった。

アビーはもう泣きやんでいた。ロージーに抱かれるのに満足したのか、眠そうに胸に顔を押しつけている。ところがロージーのほうは、自分の感情を抑えるのに必死だった。

赤ん坊を抱いたりする直接的な触れ合いはできるだけしないですむように、こうした場面はいつもわざと避けてきた。

生まれたばかりの赤ん坊でなく、もっと大きくなれば話は別だ。赤ん坊が大きくなれば感じる苦しみの激しさも薄れ、それほど荒々しいものではなくなる。喪失感にも、痛みを覚えるほどの罪悪感にも、ずっと対処しやすくなる。

ジェンマがキッチンに戻ってくるとすぐ、ロージーはジェンマの腕にアビーを返した。

「もう失礼するわ」ロージーはせかせかと言った。「明日の朝は早いの。国債の利率を比較した表を作って、今週中に持ってくるわ」

車を運転して帰る途中、ロージーはふと思い出した。さっさとあの場を立ち去ることばかり考えていて、帽子をもらってくるのをすっかり忘れてしまった。

車を引き取りに行く前に、ロージーは明日のイアン・デービスとの約束に備え、彼に示すつもりの契約条件を細かくチェックした。

ほかのどんな代理店と比較しても、充分太刀打ちできると思う。特に個人的な心づかいが行き届くという点で、彼にとっては大きな代理店よりうちのほうがずっと有利なはずだ。

そろそろやすもうと二階に上がったときには、十一時を過ぎていた。ちょうど服を脱ぎかけたところへ電話のベルが鳴った。

クリシーがその後の様子を心配してかけてきたのだ。

大丈夫よ、とロージーは姉にきっぱり請け合った。しかし電話を切ったあと、化粧を落とした自分の顔を鏡で見て素直に認めた――姉には大丈夫なんて言ったけれど、とてもそうは見えない。

もともと青白い肌のため、一年中日焼けに気をつけなければならないのだが、今夜は緊張と苦痛のせいかいっそう青白く見える。

そんな自分を見たくない……思い出したくない。

ロージーは鏡から顔をそむけた。

ジェイク・ルーカス。彼は忘れていなかった。ロージーにはそれがはっきりわかった。ホプキンズ夫妻の光あふれる庭で大勢の人の頭越しに彼を見たとき、彼の目には冷たい軽蔑《けいべつ》が、そして嫌悪が浮かんでいた。わたしがどれほど懸命に過去を葬り、締め出し、忘れようとしても、ジェイク・ルーカスは決して忘れないだろう。彼の記憶――彼がわたしについて知っていることをわたしは消し去ることはできないのだ。

だが少なくともひとつだけ、ジェイクの知らないことがある。わたしひとりだけの秘密がある。

思わずぎゅっと唇をかんで下唇を傷つけてしまい、ロージーは顔をしかめた。

朝になったらきっと下唇がはれているわ。ロージーは不機嫌そうに鏡をのぞき込んだ。明日は傷を隠すカバー用の口紅をつけるのを忘れないようにしなくては。ただでさえ厚めの唇なのに、口をとがらせた人形みたいな顔でイアン・デービスのオフィスに出かけたくない。

ロージーはベッドに入る前に、着ていくものがすべてそろっているかどうかチェックした。スーツは洋服だんすの外にかかっているし、スーツの下に着る絹のブラウスも用意してある。下着とストッキング、それとももしものときのための替えのストッキングはバスルームに出してある。靴はきれいに磨いて階下にそろえてあるし、手入れの行き届いた革のハンドバッグ兼アタッシェケースには、必要書類がすべて入っている。

ロージーは、いかにもやり手の女性経営者というイメージの服装は好きではなかった。芝居がかっているようで、中小のクライアントにはかえって取っつきにくい印象を与えてしまうような気がした。どちらかというと、こざっぱりとした目立たない服装が好きだった。そういう服装のほうが人々の関心が外見より話の内容に向くからだ。

ロージーはクリシーの悪気のない言葉をふと思い出し、一瞬たじろいだ。かなり前だが、男の人はあなたの外見に無関心じゃないのよ、と姉は言ったのだ。〝仕方のないことよ。女性の外見に関心を持つのは男の持って生まれた性質なんだもの。それに、いいことロージー、あなたはとても魅力的よ〟姉は妹をしげしげと批判的にながめたあげく、つけ加えた。〝それどころか、その気になれば、とてもセクシーになれるわ〟

セクシーになんか見られたくないわ、とロージーは強い口調で答えたのだった。

たしかに、その気持に嘘《うそ》はなかった。セクシーな容貌《ようぼう》にふさわしい行動が取れないとわかっているのに、セクシーに見せてなんの役に立つというのだろう。いずれは性的な関係は持てないと、相手に本当のことを告げなくてはならないのだ。

考えても仕方がないわ。自分はこうなんだと受け入れることよ。あなたは不幸せじゃないわ。足りないものは何ひとつないわ。ロージーは自分にそう言い聞かせた。

足りないものは恋人……。一対一で親しく人生をわかち合う相手だけ。欠けているのは恋人と子供だけだ。

ロージーは、泣きじゃくる自分の声で目を覚ました。禁欲的ともいえるほど小さなシングルベッドにがばっと起き上がると、悪夢を振り払おうとするように、自分の体に腕をまわした。

ベッドルームの長方形の窓から月の光がさしていた。黒ずんだ樫《かし》の梁《はり》と対照的な淡い色で統一された、あっさりした飾りつけの部屋。白い家具、模様のない明るい色の壁やカーペット。すべて見慣れたものばかりだ。

よかった。病院にいるんじゃなかったんだわ。夢の中では、生まれたばかりの赤ん坊がまわりで泣き叫んでいた。その声が流産した子供のことを思い出させ、胸を締めつけるのだった。あれほど恐れていた妊娠。妊娠したらこれからの人生はどうなるだろうと思い、ショックとパニックのあまりその存在を否定した子供。

だが、その子供は生まれなかった。なんの心配もいらなくなったのだ。喜ぶべきだ、ほっとしていいはずだと思った。しかし、どういうわけかそんな気になれなかった。苦痛は、流産に先立つ出血のショックによるものばかりではなかった。新生児のつんざくような泣き声が、拷問のように神経を逆なでした。何をしようとも、彼から逃れられなかった。あの出来事の影から逃れられなかった。

ロージーは自分でも震えているのがわかった。体が氷のように冷たい。おだやかな夜なのに、体はぶるぶる震えている。けれども過去を思い出すまいと必死に闘ううち、体は汗びっしょりになった。

もう、十五年も前に起きたことだ。十五年といえば、これまでの人生の半分に当たる。あの当時、わたしはたった十六歳。いろいろな面でまだ子供だった。それでもある面では一人前の女性として、失われた命——二度と腕に抱くことのできない子供を思って嘆き悲しんだ。子供を流産したあとのむなしさからくる心の痛みに泣いた。

そう……たったの十六歳だった。そして、男の性がどんなものかなど、まるで知らない女の子だった。だが、知っているべきだった、気づくべきだった。ジェイク・ルーカスがさも軽蔑したように指摘したとおり、すべてわたしがいけなかった。

そんなことをしたらどうなるかも知らずに、男性と二階に上がって、キスさせたり体に触らせたりするわけがない。

でもあのときは、すすめられた飲み物を飲んだせいで頭がぼうっとしていた。グラスに半分ほどのりんご酒だったが、それすら飲み終えていなかった。あとになってそれが、誰かが南部地方から持ってきた、得体の知れないものを混ぜた強い酒だと知った。

だからといって、すべてを酒のせいにするわけにはいかない。お酒など飲んではいけなかった。そもそも、パーティーに行ってはいけなかった。両親や姉が家にいたら、絶対許してもらえなかっただろう。けれど、誰も家にいなかった。両親は会合に、姉は北部に出かけていた。姉は、発作から回復したばかりの義理の父の看護をする義理の母を手伝いに行っていた。

そういうわけでわたしは、友人たちに笑われるのが怖いのと、向こう見ずな気持とから、誘いに負けてパーティーに行くと言ったのだった。

ロージーはぐったりしてベッドから起き上がった。

こうなっては、再び眠ろうとしても無駄だ。

昔のことを思い返してみてもなんにもならないわ。ロージーはそう自分に言い聞かせた。ジェイク・ルーカスの叔父夫婦のベッドに半ば裸のまま横たわっていたわたし。その姿を見下ろしていたジェイクの、皮肉を込めた人を責めるような顔つき。思い出したところで何になるというのだろう？　そんなことをしても、うしろめたさと恥ずかしさをますます深めるだけだ。

ジェイクに見つかったときは、まだショックが抜けていなかった。痛む体とアルコールのせいでぼんやりした頭を抱え、なすすべもなかった。妊娠のことなど思い浮かびもしなかった。あとになって妊娠したかもしれないと思い当たり、気分が悪くなるほどのパニックと嫌悪感に襲われた。

パーティーの夜の出来事は、それこそ誰にもひと言も話さなかった。話すのが恐ろしかった。自分は罪を犯した、堕落したという思いに打ちひしがれていたのだ。

その後、恐れていたことが現実となったが、わかっても何もしようとしなかった。

周囲の生活はいつもと少しも変わらなかった。わたしが何も起こらなかったように振る舞っていれば……何も言わずこのままでいれば、妊娠という事実も魔法のように消えてしまうのでは……。そんな気がした。朝の吐き気もなくなり、体のリズムももとどおりになるだろう。夜ごと脳裏に浮かぶイメージも消えて、昔の自分に戻れるだろう。

誰もわたしに何も言わなかったし、何があったのか、誰も気づいていないようだった。

パーティーから三週間後、リッチー・ルーカスの一家はオーストラリアに移住していった。

あの出来事は起こらなかったのだと自分自身を納得させられる日もあった。しかし、学校の帰りに乳母車を押している女の人を見たり、テレビに映った赤ん坊を見たりすると、いやでも思い出さないわけにいかなかった。また、今にも生まれそうなおなかをした女性を見るたびにパニックが込み上げてきて、目をそらしてしまうのだ。

母親はそんなわたしの様子を気づかって、試験勉強のしすぎではないかと心配した。

気づかう母の言葉が、何にもまして重い罰に感じられた。両親はわたしを愛し、信頼してくれている。そんな両親に、どうして真実を打ち明けられるだろう。

そして、両親が友人のところに出かけて家を留守にした日にあの不幸に見舞われた。クリシーは義母のところからまだ戻っていなかった。

その日、ロージーは日帰りでチェスターの町まで出かけた。地元の小さな町では手に入らない本が欲しかったのだ。

本を買って店を出たところで激しい痛みに襲われた。あまりの痛みに手にしていた本を取り落とし、本能的にかばうようにおなかに手を当ててうずくまると、そのまま気を失った。

意識を取り戻したときはすべてが終わっていて、ロージーは病院のベッドに寝かされていた。

「流産です」いらいらした表情の若い医者は、ぶっきらぼうにそう告げてからつけ加えた。「合併症がないかどうかチェックするので、ひと晩入院してもらいます」

そのあとはひと晩中ほうっておかれた。あとになって、その晩地元で大きな事故があり病院は上を下への大騒ぎだったと知った。

事故の騒ぎにまぎれて家族への連絡を忘れていたことに誰も気づかなかった。翌日〝健全〟と書かれた健康証明書を手に病院を出たとき、ぼんやりと思った。流産したことはわたしひとりの秘密、ほかの人に知られなくてすむ。

初めはそのことでほっとし、助かったと思った。ところが赤ん坊の泣き声で目を覚ましたり、罪を犯してしまったという意識が子供を失ったという大きな罪悪感や苦悩へと変わるようになると、打ち明ける相手が欲しくてたまらなくなった。混乱した気持をわかち合える相手がいたらと思うようになった。

頭では、流産したのがいちばんよかったのだとわかっていた。たった十六歳だし、両親の知らないあいだにパーティーに行ってお酒を飲み、その結果……。ロージーは身震いした。今でも、本当はどんなことが起きたのかまともに考えられない。だがそうしたすべてにもかかわらず、失った子供を思って嘆き悲しんだ。

その気持は今も変わっていない。

ロージーは階下に下り、ハーブティーをいれようと、ケトルに水を入れた。お茶を飲めば眠れるかもしれない。

今では二度と子供は授からないだろうとあきらめている。過去を打ち明けたりしたら、相手はジェイク・ルーカスと同様、軽蔑をあらわにするに決まっている。どうしてそんな危険が冒せるだろう。けれどプライドが高すぎて、過去を秘密にしたままでは関係を結べない。だいいち、そんな関係は理想の関係ではない。本当の結びつき、わかち合いではない。

あの夜、どんなことになるかわかったとたん、もちろんわたしはリッチーを押しとどめようとした。でも彼は、黒いあざができるほどきつく腕をつかんでわたしをベッドに押さえつけた。わたしは無理矢理体を奪われ、ショックに思わず声をあげた。望んでもいないのに強引に体を奪われただけでなく、精神的な屈辱感や堕落感を味わわされたせいだった。

すべてはあっという間の出来事だった。しかしそのわずかの時間に、ロージーの人生は取り返しのつかないほど変わってしまった。今でもあのときのことを思い返すたびに、自己嫌悪と罪悪感でやりきれなくなった。

それ以来、ロージーは自分の殻に閉じこもるようになった。そのうち、ロージーはがり勉だ、友達と出かけるより家族と家にいるほうがいい娘なのだと評判が立つようになった。

あの夜の出来事を恥じて罪悪感を覚えるあまり、自分のしたことを誰かに知られるのが耐えられなかったのだ。

あのとき感じた屈辱感や恥ずかしさ、耐えられないほどの罪悪感をもう一度味わうくらいなら、男性とかかわるのはよそう。ロージーはそう決心したのだった。わたしは結婚に向いていないのだとあきらめよう。恋人も、二人のあいだにできるかもしれない子供も、わたしには望めない。そう思い込まなければ。

そして普段はなんとか、わたしは満足しているのだと自分を納得させることができた。けれども赤ん坊を見たり、妊娠中の女性を見かけたり、昔のことを思い出して悪夢にうなされ目を覚ましたときは別だった。何かが、あるいは誰かがあのとき起こったことを思い出させるような場合はそうはいかなかった。

お茶はいつの間にか冷えきっていた。ロージーは眉をひそめてそのお茶を見つめた。

「迷信深くなくてよかったわ」彼女は苦々しげにつぶやいた。イアン・デービスとの面会を明日に控えているのに、今日の出来事ほど悪い前兆はない。

ロージーは重い足取りでベッドに戻った。今度こそジェイク・ルーカスのことを考えるのはよそう。ぐっすり眠らなくては。暗闇《くらやみ》の中で目を開けたまま、彼の目つきや口調、軽蔑と嫌悪のあらわな態度を思い出したりするのはやめよう。

今日という日に限ってこんなことになるなんて！ ロージーは腹を立て、いらいらしながら満員のガソリンスタンドで順番を待っていた。

イアン・デービスとの約束に備えてあれだけ注意深く準備しておいたのに、肝心の車のガソリンをチェックしなかったなんて。いったい何をしていたのだろう。

真正面のガソリン・ポンプがやっと空いた。うしろから割り込もうとする車に気づき、急いで自分の車をつける。

オイル・キャップを外し、給油ホースのノズルを給油口に差し込む。するとどうしたわけかガソリンが逆流し、あふれたガソリンが靴とストッキングにかかった。

かかったといってもほんの少しはねただけだが、困ったことにひどくにおう。どうしよう。ロージーは支払いの列に並びながら途方に暮れた。

約束があるときはいつも、時間に余裕を見て出かけるようにしている。だが今朝に限って、何もかもが裏目に出た。給油に十五分も手間取り、高速道路に入ったと思ったら今度は事故のせいで予期しない足止めを食らった。トラックが積み荷をばらまいてしまい、道路が片づくまで動けなかったのだ。ようやくチェスターに着いたのは約束の五分前だった。駐車場を見つけ、イアン・デービスのオフィスに行くまでたった五分しかない。チェスターは駐車場がないことで悪名高いところなのに……。約束に遅刻してしまうとパニックに陥りかけたとき、運よく駐車スペースを見つけた。おまけに車の小物入れからボディー・ローションが出てきた。ガレージ・セール用にクリシーにあげようと思っていて渡すのをずっと忘れていたのだ。ロージーは、脚についたガソリンのしみとにおいを消すのにそのローションを使ったが、きつい香りに思わず顔をしかめた。昼用の香りというより、どちらかといえば夜用だ。きつすぎて好みではないが、とりあえずガソリンのいやなにおいは消してくれた。

時間ぎりぎりにオフィスに着くと、ロージーは人目を気にしながらエレベーター内の鏡で自分の姿をチェックした。チェスターの中心街を大急ぎで走ってきたから赤い顔をしていないかしら。服装が乱れたりしていないかしら。

驚いたことに、小さな鏡に映ったその顔は、冷静で落ち着き払っているように見える。

隠しカメラかのぞき装置を、エレベーター内に取りつけようと考えた人はいるかしら。最上階まで上がっていくあいだにロージーはぼんやりと考えた。でも、世の中にはとても考えられないようなことをする人がいるそうだから、そんなものはつけないほうがいいかもしれない。彼女は苦笑いしながら思った。

エレベーターのドアが開き、カーペットを敷きつめたロビーに出た。表情を取りつくろい、落ち着いた仕事向きのほほえみを浮かべる。

イアン・デービスとの話し合いは、予想したとおり油断のならないものだった。彼は男性優位主義者で、ビジネスの世界で女性が活躍するのを心から受け入れているわけではないようだ。

わたしが秘書か人妻もしくは女友達だとしたら、彼は非の打ちどころがないほどチャーミングに接したに違いない。あるいは、もしかすると古風なスタイルで誘ってきたかもしれない。彼はわたし個人に対してというより、わたしが代表している女性の地位というものに反感を抱いているのだ。

そうした偏見はあるものの、彼は根っからのビジネスマンでもあった。ロージーは、彼ののみ込みの早さに感心した。彼女のところを代理店として契約すればどれくらいメリットがあるか、素早くはかりにかけた様子だった。

「ということはつまり、きみのところを代理店にすれば保険会社からもっと補償金を引き出せるということかね?」彼は途中で質問してきた。

ロージーは、きっぱりと首を横に振った。そんな手に引っかかるつもりはない。

「今の代理店が保険会社とどんな契約をしたのか、詳しいことがわからないうちはお答えできません」

ロージーは落ち着き払って答えた。現在の代理店の契約についてほのめかしたことが彼にぴんときたらしいのを見て取り、ロージーは内心冷ややかな笑みをもらした。

きっと今の代理店は汚い手口を使っているに違いない。ほかのクライアントに、保険請求手続きをとらないようにアドバイスしたり、低い補償金で折り合いをつけるべきだとほのめかしたりする代わりに、ある種の保険請求は無条件で通すという取り決めだ。

ロージーはクライアントの利益をいちばんに考えるべきだと思っている。もしそれで保険会社とのつき合いがスムーズにいかないというのなら、それはそれで仕方がない。

「相場を比較したものを持ってきました。よろしかったら、こちらに置いていきます」

驚いたことに、イアン・デービスはロージーをロビーまで送ってきた。しかし、きびきびと礼を言って帰ろうと振り向いたとたん、彼がロビーまで送ってきた理由がわかった。

ジェイク・ルーカスがいたのだ。ロビーの椅子に腰を下ろしていたが、イアン・デービスを待っていたらしく、彼の姿を見て立ち上がった。うしろでイアン・デービスが、昼食に招待するとかなんとか言っているのが聞こえた。

ジェイクの姿を見たショックでロージーは一瞬身動きができなくなってしまった。やがてくるりと向きを変えたが、心臓が激しく鼓動し、体中に一気に血液を送り込んでくる。ロージーの青白い肌は真っ赤になった。

一刻も早くその場から逃げ出したくてパニックに陥り、体がかっとほてってむかむかした。昨日、彼を見ただけでもいやな思いをしたのに、今度はさらにひどい。

ロージーは必死で冷静を保ち、プロ意識をなくすまいとした。けれども、あわてて逃げだそうとしたあまり動きが雑になり、緊張してつかんでいた書類が手からすべり落ちた。

まったくもう！　ロージーは真っ赤な顔をして、書類を拾い上げようと急いでかがんだ。なんと二ページ分がジェイク・ルーカスの足元まで飛んでいる。

少しのあいだ、ロージーは身動きできなかった。かがんだまま、彼の足元の書類を見つめるだけだった。書類を取り返すことを考えただけで、ぞっとして吐き気に襲われる。

ジェイクがかがんでそれを拾い上げたときも、彼をまじまじと見返すばかりだった。金属のような輝きを放つ彼の灰色の目から、どうしても視線をそらせない。まるで車のヘッドライトに目がくらんだうさぎみたいだわ。近づいてくる彼を見ながらロージーはふと思った。

彼女は立ち上がろうともがいたが、バランスを崩しそうになって余計恥ずかしい思いをした。

ジェイクに腕をつかまれたとたん、感電したようなショックを感じた。彼の顔が目の前に迫って、濃いひげそりあとが目に入り、さわやかで清潔な石けんのにおいが鼻孔をくすぐる。シャツの袖口《そでぐち》からのぞく腕毛まで見えた。

彼は腕をつかんだまま、何も言わずにじっとロージーを見ている。何かするのよ。ロージーの頭の中で必死に叫ぶ声がする。動きなさい……。

ロージーは意志の力を振りしぼって、ようやく立ち上がった。だが緊張したせいだろうか、それとも緊張のあまり体がほてったせいだろうか、さっき使ったボディー・ローションの香りが急に気になり出した。ジェイク・ルーカスもその香りに気づいたようだ。ロージーは反射的に彼に礼を言い、急いで向きを変えてその場を離れようとした。ところがそのあいだも、彼はこれ見よがしに鼻を動かし、けげんそうに彼女の下半身に目をそそぐ。ジェイクの口元が軽蔑するようにゆがむのを見て、ロージーは気分が悪くなった。

つかんだ腕を振りほどいたときのジェイクの顔は軽蔑に満ちていた。

ジェイクは、わたしのことをどう思っているか隠したことがない。身持ちが悪い、自分の体を武器にして人生や男から望みのものを手に入れようとする女だと思っている。強烈で官能的な香水を脚につけるなんて、やはり思ったとおりの女だったのだと、言葉には出さないものの、態度ではっきり示している。

仕事ができるキャリア・ウーマンに見られたかったら、そんな香水をつけたりしないだろう。女性であることを誇りに思っている、とそれとなく知らせるために、軽くてさわやかな香りの香水をさりげなくつけるのはおかしくないし、許されることだ。だが、官能的なしつこい香水をつけたりすれば、別のメッセージを伝えることになる。

下りのエレベーターの中で、ロージーはあらためて自分の姿をチェックした。さっきとはまったく別人のようだ。上気した頬は真っ赤だし、感情が激しく乱れたせいで瞳は色が濃く大きくなり、瞳孔《どうこう》が広がっている。唇さえもいつもと違って見える。ずっとソフトで、ずっと官能的……。まるでキスされたようだ。

おおいやだ。ロージーは身震いして顔をそむけた。エレベーターを降り、通りに足を踏み出すと、感情が高ぶり不安定になっていて今にも泣き出しそうな気がした。

これはイアン・デービスの反応が期待外れだったせいよ。わたしの契約案にもっと熱意を示すかと思ったのに。駐車したところまで戻りながらロージーは自分に言い聞かせた。これはジェイク・ルーカスとはなんの関係もないわ。彼に会って気が動転したのはたしかだけれど。でも、ジェイクがわたしをさげすみ軽蔑したからといって、それで泣いたりするものですか。

ジェイクがわたしをひどい女だと思っているから傷つくのではない。彼と会うたびに、どうしても十六歳のわたしのしたことを彼に思い出させてしまうからよ。ふしだらな振る舞いをした自分を思い出させてしまうからなのよ。

たとえジェイクに知られなかったとしても、あの十五年前の堕落と恥辱の体験はそれだけで大変な重荷だった。

けれども、ジェイクに知られてしまった。わたしがどんなことをしようと、彼の記憶を消し去ることはできない。彼がわたしを見るとき、言葉に出してこう言っているように聞こえる。〝きみを見ると今のきみじゃなく、昔のきみを思い出す〟と。あのときのわたしは酒とショックにぼんやりして、半ば裸のままベッドに横たわっていた。わたしに混ぜ物をしたお酒をわざと飲ませ、下心を抱いてわたしを二階にある両親のベッドルームに引っ張っていったリッチー・ルーカス。彼はわたしを強引に奪ったあと〝これで賭《かけ》に勝ったぞ〟と誇らしげに言い放った。

彼は〝あいつをものにして、あいつの高慢な鼻をへし折ってやる〟と皆に宣言していたのだ。

だが彼は、いとこのジェイク・ルーカスにはそうは言わなかった。ジェイクにはまったく別のことを話した。〝彼女のほうが乗り気だったんだ。乗り気どころか、喜んで二階について来たのさ。本当は、彼女のほうから言い出したんだ〟と。わたしはショックと苦痛のあまり、自分を弁護することさえできなかった。肉体的にも精神的にもはずかしめを受け、とても自分を弁護するどころではなかった。

リッチー・ルーカスの一家があれからすぐオーストラリアに移住していって本当に助かった。

リッチーはその晩意識がもうろうとするほど酒を飲んだせいで、自分のしたことさえ忘れてしまったらしく、皆に言い触らしてまわれなかったことも幸いだった。

あの晩の出来事を覚えているのは、たった二人だけ。わたしとジェイク・ルーカスの二人だけだ。おまけに、ジェイク・ルーカスは真実を知らない。

彼は、わたしをリッチーの遊び友達の不良のひとりだと思っていた。お酒を飲んで性体験をすれば大人だというところを見せられると思っている愚かな女の子だと。ジェイクは、両親が不在であるのをいいことにアルコール・パーティーを開き、両親の寝室に女の子を引っ張り込んだリッチーに腹を立て、嫌悪感を抱いている様子だった。しかし、その怒りの下にはわたしへの軽蔑が隠されていた。わたしにはそれが痛いほどわかった。

けれども、ジェイクの思い込みは的外れもいいところだった。その夜まで、わたしは男の子にキスされたこともなかったのだから。それどころか、数カ月前からクラスの女の子のいじめにあって、みじめな思いをしていた。〝すまし屋〟だとか〝いい子ぶりっ子〟などとからかわれ、ほかの女の子たちから変わり者扱いされ、のけ者にされていた。そんなことがなかったら、誘われてもパーティーに行ったかどうか疑わしい。

あとになって、わたしを傷つけ、はずかしめようとする、たちの悪いいたずらの的にされたのだとわかってつらい思いをした。だがそれも、ジェイク・ルーカスに軽蔑されたことに比べればたいしたことはなかった。妊娠したことと比べたら、なんでもなかった。

少なくとも妊娠したことはわたしひとりの秘密だった……。涙がにじんで目がちくちくする。ロージーは唇をかみ締めながら、車のドアを開けようと体をかがめた。

失った子供を一緒に悲しんでくれる人はひとりもいなかった。複雑な、矛盾する胸の内を打ち明ける相手は誰もいなかった。理性では、流産したのは何よりだったとわかっていた。しかし心の一部は、生まれなかった子供を思い、喪失感と苦痛のために痛んだ。

流産したことは誰も知らなかったが、知っている人がいたらと思うこともあった。自分の経験したことを話せたら、苦痛や喪失感、罪悪感について心おきなく話せたら、と痛いほどに思うことがあった。

もう十五年も前のことなのに、ごく最近の出来事のように感じるときがある。あのとき受けた心の傷や激しい苦痛はいまだに生々しく、誰かに何もかも打ち明けたくてたまらない。生まれなかった子供のことを、誰にもはばかることなくおおっぴらに悲しめたらと思わずにいられない。

だが、ジェイク・ルーカスのような人間には、こんな気持は決して理解できないだろう。ロージーには、彼がどんな反応を見せるか手に取るようにわかった。〝流産したなんてちょうどよかったじゃないか。あんなことをしたきみには、ラッキーすぎるほどだ〟ジェイクならきっとそう言うだろう。彼は哀れみも同情心も、ひとかけらの思いやりさえ持ち合わせていない。ジェイクは、わたしの苦しみも、流産について話したいと願う気持も、十五年前のあのときと同じように、さも軽蔑した様子ではねつけるだろう。ちょうどあのとき、わたしがその場にいないかのようにわたしを完全に無視してそっぽを向き、リッチーに話しかけたように。

ところがジェイクは、あとから会いにやってきた。それも、大事ないとこをわずらわせないようにわたしに念を押すために！

ロージーは荒っぽくギアをバックに入れ、とめてあった場所から車を出した。

3

「イアン・デービスとの話はうまくいったかい？」

ロージーは顔をしかめて義兄を見た。

「まだ、なんの返事ももらってないの。でも、手応《てごた》えは今ひとつだったわ。彼って、女性経営者を相手にするのは苦手というタイプなのよ。父さんがまだ会社をやっていたら、話は別だったかもしれないけれど」彼女は肩をすくめた。「契約が取れなかったら打撃だけど、彼のほうだって損するわ。今の代理店は保険料を引き下げるどころか、彼との契約を使ってほかのクライアントに有利な条件を引き出しているみたいなの」

「彼に、そう言ってやったの？」クリシーは問いつめた。

ロージーは首を横に振った。

「はっきりした証拠があるわけじゃないもの」

「女性を押さえつけようとするなんて、男性は間違っていると思うわ」さも憤慨したように、アリソンが口をはさんだ。十四歳の彼女はちょうど自立を主張し始めたところで、女性の権利拡大に熱心だった。

「おじいちゃんとおばあちゃん、どうしてるかなあ。もう、日本に着いているころだよね？」ポールが話に割り込んできた。

「ええ、もう着いているころね」ロージーは答えた。

「まるまる一年、世界中を旅してまわるなんて。父さんたちが本当に実行するとは思わなかったわ」クリシーは感心したように言った。

「二人とも何年も夢見て、長いこと計画を練っていたわ」ロージーは言った。

金曜の夜のクリシーの家族との食事を、ロージーはいつも楽しみにしている。この日もクリシーは、いつもどおり夕食にくるかどうか確認の電話をかけてきたのだった。

「ホプキンズ夫妻の家から帽子は取ってきた？」

「いいえ、まだよ」

「明日の午前中、ガレージ・セールがあるのよ。一緒に来る？」

ロージーはかぶりを振った。

「無理だわ。メアリー・フラーと約束があるの。彼女、水曜日に泥棒に入られたんですって。盗まれたものの保険を請求するのに、書類の書き方を見てあげるって約束しちゃったのよ」

帰ろうと立ち上がりかけるとクリシーが手を伸ばして引き止めた。ロージーはびっくりした。

「ちょっと待って。あなたに話があるの。アリソン、ポール、あんたたちは二階に行きなさい。宿題があるでしょう」クリシーは子供たちに命令した。

義兄までが、電話をしなくてはとぼそぼそつぶやき、キッチンからいなくなった。いったいどうしたのかしら。ロージーは眉をひそめた。

そういえば、クリシーはひと晩中ぴりぴりしていたようだった。いつもの彼女らしくなく取り乱し、ちょっとしたことで腹を立てていた。クリシーと二人だけになるとロージーは心配そうに尋ねた。

「いったいどうしたの？　何か悪いこと？」

クリシーが目に涙をいっぱいためて腰を下ろしたので、ロージーは思わずまじまじと姉の顔を見つめた。

「クリシー、いったいどうしたっていうの？」ロージーは姉に手を差し伸べた。

「子供ができたのよ」クリシーは涙ながらに打ち明けた。「今朝わかったの。年のせいかと思っていたんだけど……。だって、四十でしょう。このごろあんまり気分が悪くて、体重も増えたし吐き気もするものだから、ファラー先生のところに行って診てもらったの。先生に、妊娠の可能性は？　ってきかれたときは笑い飛ばしたんだけど……。ロージー、どうしよう。みんななんて言うかしら、アリソンやポールはどう思うかしら。自分が間抜けに思えるわ。この年で子供だなんて……。信じられる？　グレッグは興奮しているわ。いかにも男の人らしいじゃない？」

姉は鼻をすすりながら訴えると、勢いよく鼻をかんだ。

「ごめんなさいね。ただ、あんまりショックだったものだから……」

「姉さんはまだそんなに年じゃないわよ。四十代で子供を産む人はたくさんいるわ。初めて産む人だっているのよ。アリソンやポールのことは……まあ、見ててごらんなさい。きっと、二人ともわかってくれるわよ」

クリシーが妊娠……クリシーが子供を産む……。ロージーは表面上は落ち着いて姉に温かい励ましの言葉をかけていたが、心の中ではまったく別の受け止め方をしていた。

「まさかクリシーに嫉妬《しっと》するなんて……そんなはずがないわ」しばらくして帰途についたロージーは車の中でつぶやいた。気恥ずかしそうな顔をしている義兄におめでとうを言ったが、クリシーの言ったとおり、もうひとり子供が生まれることになって彼が興奮しているのは明らかだった。

クリシーに嫉妬するなんて……。そんなばかな、嫉妬なんかしちゃいけないわ。ロージーはそう自分に言い聞かせたが、自宅に車をとめたときには、姉に嫉妬している自分を認めた。

それは、人の持ち物をうらやむとか恵まれた生活をしている人をうらやむとかいうのとは違う。今、感じている嫉妬はまったく別のものだ。それは根が深く、いろいろな点でもっとずっと心をむしばみ傷つけるものだ。どれほど苦しくみじめな思いがするものか、ロージーは世間に向かって叫びたいほどだった。

クリシーに子供を産んでほしくないわけではない。そう思ったとたん、ロージーは身震いした。ただ、わたしは……。ただ、どうだというの？　わたしは自分の子供を産みたかったのよ。でももし産んでいたら、ひとりで育てなくてはならなかっただろう。生まれた子には、いつか父親がいないわけを説明し、謝らなくてはならなかっただろう。本当にそれがわたしの望みだったのだろうか？

自分でも何を望んでいるのかわからない。ただわかるのは、これまで細心の注意を払って抑えてきた心のもっとも奥深くにある感情が今にも爆発しそうだということだ。心の奥底にうずめ、二度と再びよみがえることはないと思っていた苦しみが息を吹き返し、わたしを圧倒しそうだということだ。
そんなことを許してはいけない。誰にも……誰よりもクリシーには、わたしの気持を悟らせてはいけない。姉は強い人だが、今は精神的に傷つきやすくなっている。彼女はわたしの愛情と支えを必要としているのだ。

翌朝、ロージーはなんとなくぴりぴりした気分で目を覚ました。眠っているあいだ中、わけのわからない不幸な夢にうなされ、目が覚めると顔は涙にぬれていた。

こんなことではいけないわ。ロージーは自分に言い聞かせ、約束したクライアントのところへ出かける支度をした。女性本来の生物学的な機能を満たしたい、つまり子供を産みたいという願いに取りつかれた女性のことは、話に聞いたり本で読んだりしたことがある。一度そうした強迫観念に取りつかれるとほかのことは何も考えられなくなり、なぐさめとなり埋め合わせとなってくれるはずの人間関係さえ持てなくなって、人生そのものが破壊されてしまうことがあるという。

しかしこの激しい感情の揺れは、子供を産みたいという気持からくるものではない。ロージーは心の奥底でわかっていた。これは、流産さえしなければ生まれていた子供のことを思うからだ。自分自身に苦痛を感じるだけではなく、生まれなかった子供の身になって苦痛を感じるからだ。嘆き悲しんでもらうことはおろか、存在さえも認めてもらえなかった子供を思って、苦悩や罪悪感、悲しみ、怒りに近いものさえ感じるからだ。なぜなら、子供を流産したことを嘆くことも、気持を誰かに打ち明けることもわたしにはできなかったのだから。

けれど、そんなことをどうして打ち明けられただろう？　打ち明けるということは、どんなことが起きたのかを認めることだ。自分がどんなことをした結果、妊娠したのかを明らかにするということだ。

わたしはレイプされたことを本当にほかの人に知ってほしかったのだろうか？　ジェイク・ルーカスの態度を見たではないか。彼が示したような軽蔑《けいべつ》がほかの人たちの目に浮かぶのを本当に見たかったのだろうか？　みんなが陰でわたしの噂《うわさ》をしているのを知りたいと思ったのだろうか？　だいいち、今となってはすべて手遅れだ。十五年遅すぎた。

どんなに理屈をつけて自分を納得させようとしても感情の揺れはおさまらず、不安定なままだった。これから八カ月あまりも、妊娠や出産についてあれこれ話す姉に耳を傾けるのかと思うと、ロージーは緊張と不安で胃が引きつった。

感情の糸はぴんと張りつめ、緊張は極限に達して今にも心の糸がぷつりと切れてしまいそうだ。いったいどうしたというのだろう？　先週の今ごろはまったくなんともなかったというのに。ホプキンズ夫妻の子供の命名式に出るのは気が進まなかったのはたしかだ。命名式と思っただけで、このごろますます抑えつけなくてはならなくなってきた心の痛みをかき立てられる。だが、命名式ならこれまでに何回も出てきたし、なんとかその場をやり過ごしてきた。今度の命名式が特別だったのは、ジェイク・ルーカスがその場にいたからだ。それ以外の理由は考えられない。

ジェイク・ルーカスがいけないのだ。こんな気持になったのも、すべて彼のせいだ。ロージーは苦々しい思いで決めつけた。姉の妊娠を心から祝福したい。それなのに、その知らせを楽しむことも、曇りのない、心からの興奮を感じることもできない。すべてジェイクが悪いのだ。

ジェイク・ルーカス。彼が、十五年前のあの夜あの場にいさえしなかったら……。ドアを開けて、わたしの姿を目撃さえしなかったら……。ジェイクがドアを開けたときはすでに手遅れだった。すべてが終わったあとだった。わたしは恐ろしさのあまり逃れようともがいたが、リッチーの圧倒的な力に押さえ込まれてどうすることもできなかった。

　ジェイク・ルーカス。彼がわたしを軽蔑するのと同じくらい、わたしは彼を嫌い、憎んだ。ロージーは心の中で苦々しい笑みを浮かべた。わたしがジェイクを嫌ったからといって、彼が気にするものですか。とはいえ、ジェイクが女性に嫌われることがあるとはとても思えない。彼は少なくとも外見上はとても魅力的だし、注目せずにはいられない人物だ。多彩な女性遍歴があったとしてもおかしくない。ロージーにもそれくらいはわかった。ところが奇妙なことに、そんな事実はなかったらしい。彼は交際範囲が広く、友人も多い。しかし、誰かと特別親密なつき合いをしたとしても、町の噂に上ったことは一度もなかった。

　ハンサムでお金持、即座に人を惹《ひ》きつける個性の持ち主だという評判なのに、ジェイクは相変わらず独身のままだった。

〝彼はずっと昔に恋をして、その恋から立ち直っていないっていう噂よ〟クリシーがいつかそう言っていたが、ロージーにはとても信じられなかった。ジェイク・ルーカスが恋に落ちるですって？　まさか。彼が恋のような感情の乱れを自分の人生に許すはずがない。恋をするにはジェイクはあまりに無情で、超然としすぎている。そのうえ彼には自信がありすぎる。

　クライアントが保険請求の書類へ記入するための助言を与えるのにほとんど午前中がつぶれてしまった。泥棒に入られた女性は気が動転し、不安に駆られてびくびくしていた。やはり泥棒に入られ、同じような状態になっているクライアントを以前にも扱ったことがある。こんなときは相手に話をさせるのがいちばんだとわかっていたので、ロージーは聞き役にまわった。

わたしの場合も、話せる相手がいたら人生は違っていただろうか？　感じ方も違っただろうか？　けれど、あんな体験をどうして人に話せただろう。どんなことが起こったのか、どうして妊娠したのか、それを説明するだけでもつらい。そのうえ流産をめぐって揺れ動く複雑な気持を話すなんてとても……。流産したあとまず最初に感じたのはほっとした気持――子供が死んでよかったという思いだったなんて、どうして話せるだろう。そんな話をしておいて、あとになってすっかり気持が変わり、とてもうしろめたく思っているなどと話しても、とうてい信じてもらえないだろう。ロージーは、流産を願ったから実際に流産してしまったような気がしてならなかった。

「影響はなかったのかい？」ある日訪ねてきたジェイク・ルーカスは、ぶっきらぼうにそう尋ねた。

「ええ、ないわ」ロージーは本当のことを言わず、冷静に答えた。あのことが起きてからというもの、ずっとそうしたきたように真実を隠した。あのときすでに影響は出ていたし、いまだにそれは残っている。今にいたるまで、わたしの中で過去は痛々しいほどによみがえり決して消えることはない。

最近では、大きな痛手を受けた人はカウンセリングを受けられる。だがその当時、十六歳だったわたしは幼すぎた。あまりに自分を恥じる気持が強く、恐ろしくてカウンセリングを受けるどころではなかった。たとえ専門的なアドバイスをもらえるとわかっていても受けなかっただろう。

病院をあとにしたときは、ただすべてを忘れ、あの出来事を心のいちばん暗い片隅に閉じ込めておきたいと思っただけだった。そうしておけば、いつかは忘れ去られるだろうと思ったのだ。

しかし、そうはいかなかった。罪悪感は、決してわたしにあの出来事を忘れさせてくれなかった。次第に心の痛みは深くなっていき、罪の意識は二倍にもふくれ上がった。

初めは自分のしたことが恥ずかしかったし、打ち明ければ両親を傷つけるのではないかと心配だった。打ち明ければ、両親はできるだけのことをして助けてくれたということはわかっていたけれど……。そのころは赤ん坊のことまで考えなかった。だがそれは、あとになってずっと激しい罪悪感となって襲ってきた。それはほかの人間を失望させ、つらい目にあわせてしまったという、痛切な思いだった。流産したときは、そういうこともあるのだと頭ではわかっていながら、自分がいけなかったのだと思わずにいられなかった。おなかの子供は自分が愛されていない、望まれていないことがわかっていたのだという気がして仕方がなかった。だから、そのせいで……。

そして今、クリシーは三人目の子供を妊娠した。ロージーは車のハンドルをぎゅっと握り締めた。

姉をうらやんではいけない。なんの役にも立たないねたみの気持で、姉との仲をだいなしにしてはいけない。自分が子供を亡くしたからといって不幸な気持を抱えていては、未来の甥《おい》か姪《めい》といい関係を結ぶことはできない。

家に戻ったときは昼を過ぎていた。いつもなら土曜の午前中は、食料品を買い出しに町まで車で出かける。早い時間だとどこもすいているのだ。だが今日は仕事の約束があって、午前中の買い物はできなかった。店には、生鮮食料品はほとんど何も残っていない。

とはいえ、おなかがすいていないから気にならなかった。

〝でも、何か食べなくちゃいけないわ〟心の中でもうひとりの自分が注意する。〝健康をおろそかにしても何もいいことはないし、気分がよくなるわけでもないわ、そうでしょう?〟

ロージーはむっつりと冷蔵庫のドアを開け、食欲もわかないまま中身をながめて再びドアを閉めた。

この一週間というもの、暑く日差しの強い毎日が続いたので、庭や鉢植えの植物、裏の戸口の脇《わき》に植えたハーブ類など、すべて水やりが必要だった。

もともと農家用に造られたコテージなので、裏手にかなり広い庭がある。そもそも、その庭があったからこのコテージを買ったのだ。

去年の夏は、裏口の外に狭いながらもきれいな石ぶきの中庭《パティオ》をこしらえ、クリシーをおおいに憤慨させた。

文字どおりひと夏まるまる、暇さえあればパティオ造りにいそしみ、丹精込めて仕上げた。

「お金を払って人に任せたほうが得じゃないの。浮いた時間でデートできるのに」クリシーは、ずけずけと言った。「まったく、ロージーったら。ひとりでいたがっているんだと思われるわよ。誰かがデートを申し込むたびに、あなたったら〝パティオを造っているから行けないわ〟なんて言うんですもの」

ロージーは何も言わずに黙っていた。姉が、はからずも真実を言い当てたとは認めたくなかった。

仕事の関係で、男性と接することは多い。だからロージーは、ひんぱんにデートに誘われるのはそのせいだろうと思い込んでいて、男性が興味を抱くのは彼女の顔立ちや個性だということに気づいていなかった。

「あなたって、どうしてそうなのかしらね」クリシーは姉らしく遠慮会釈のない言い方をした。

「男の人とかかわり合いになりたくないの。ただそれだけよ」ロージーは静かに答えた。

表面は冷静で、内向的とさえいえるほどだったが、心の痛みを表に出さないためにはそれしか方法がなかった。

ロージーは姉に打ち明けたくてたまらなかった。自分がどんな苦しみを抱えているか話したい。けれど、きまりが悪すぎたし、自分の感情や恐怖、真実を隠しておくのが癖になっていた。だから人に話すと考えただけで恐ろしくて、パニックに陥ってしまう。

昼食をする代わりに、ロージーはコーヒーをいれた。それからジーンズとTシャツに着替え、庭に出てホースをつないだ。

庭のいちばん奥まったところにささやかな菜園があり、日ごろから熱心に手入れをしている。

菜園で忙しく働き、降りそそぐ日の光と静けさを楽しみながらようやくリラックスし始めたところへ、突然子供の声が聞こえた。コテージの脇を人が通りすぎたのだ。とたんにロージーはきりきりした緊張感が戻ってくるのを感じた。

いくらなんでもばかげている。ロージーは手にした熊手《くまで》を下に置き、震えながら自分に言い聞かせた。まったくどうかしているわ。

そう思ったものの、ロージーはその場にいたたまれなくなった。自分に腹を立てると同時に恐ろしくなって、彼女は急いで家の中に戻った。他人の子供の声を耳にするのも耐えられないなんて、精神状態がますます悪くなっているんだわ。裏口の外で軍手を取りながらロージーは思った。クリシーに子供が生まれるという話を聞いたから、こんな気分になったのよ。でも、なんとかして気持の折り合いをつけないと……。

そのとき足音が聞こえた。家の脇にそった小道を、誰かがこちらに向かって歩いてくる。ロージーはさっと緊張した。

木戸がきしんで開き、しっかりとした男らしい足音が聞こえた。

いったい誰だろう？　訪問者をたしかめようと身を乗り出した瞬間、家の角をまわって彼が姿を現した。

ジェイク・ルーカス！

ロージーはその場に凍りついた。

「玄関のベルを鳴らしても返事がなかったんだ。車が外にあったから、きみが庭にいるかどうか見てみようと思ってね」ジェイクが言うのが聞こえた。

一瞬のショックは痛みを伴いながらゆっくり消えつつあった。それは、麻痺《まひ》していた脳が徐々に動き始めたかのようだった。だが、まだ頭がぼうっとしていて、まともな考えが浮かばない。

「これを届けに来たんだ。先週、ホプキンズ夫妻のところに忘れていっただろう」

ロージーはジェイクが手にした帽子をまじまじと見つめた。わたしの帽子……。

彼女は視線を上げてジェイクの顔を見た。ジェイク・ルーカスが、なぜわたしの帽子を届けてくれたりするの？　彼はいったいここで何をしているの？　なんの用があるというの？

突然、ロージーの思考はスピードを増し、パニックが襲ってくるにつれてコントロールを失い、勝手な方向に走り始めた。

「ほかにも、きみと話したいことがあるんだ」

ジェイクの低い張りのある声は落ち着いていて、抑制がきいている。しかし緊張感と恐怖に鋭くとぎすまされていたロージーの感受性は、彼の声の奥に隠された緊張感をかぎつけた。

「あなたとわたしが話し合うことなんて何もないわ」

突然こんなふうにやってきて、人のプライバシーのじゃまをして、おだやかな気持を乱すなんてあんまりだ。これではまるで心の中や夢……悪夢の中にまで彼の記憶が侵入してくるのと同じじゃないの……。

ジェイクが眉をひそめるのを見て、ロージーはどきりとした。でも、彼が嫌悪を……軽蔑をあらわにしても、もうおじけづいたりしないわ。

ロージーと同様、ジェイクもジーンズと綿のTシャツというカジュアルな服装だった。彼女のほうはジーンズもTシャツも大きめだが、彼のほうは体にぴったりフィットしている。とても四十近い男性とは思えないほど引きしまっていて筋肉質な体だ。

ギリシアで過ごすせいだろう、ジェイクの両腕は日に焼け、Tシャツの白さがいっそう引き立って見える。

色白の肌のほうがずっと健康的で、日に焼くのは肌によくないとわかっていても、ロージーは自分の青白い腕と黄金色に焼けた彼の腕を比べ、うらやましく思わずにいられなかった。

ロージーは帽子を受け取ろうと、敵意と恨みをあらわにして手を差し出した。

敵意も恨みも、どうして隠す必要があるだろう。ジェイクは、わたしをどう思っているか隠そうとしたことがない。何を話しに来たのか知らないけれど、帽子を渡したら黙って帰ってほしい。ロージーは無言のまま、自分の気持を体全体ではっきり伝えた。

ところがジェイクは、ロージーの無表情な顔やこわばった体が伝えているメッセージを理解するどころか、帽子を手にしたまま彼女に近づいてきた。はずみでロージーの指先が彼の腕に触れた。

ジェイクの肌は温かく、ベルベットのようにすべすべしていた。ロージーは一瞬、彼の肌をなで、そのすばらしい感触を心ゆくまで味わいたいという誘惑に駆られた。腕の毛は思っていたよりずっと柔らかい。やすりのようにざらざらしているかと思っていたのに……。彼のことをそんな人間だと思っていたせい？　実際はその絹のようになめらかな肌触りに、ロージーは戸惑い、混乱した。

ロージーの指先が触れると、ジェイクははじかれたように腕を引いた。彼女ははっとして、困惑のあまり顔を真っ赤にした。

わたしのほうが先に手をどけるべきだった。それなのに、つっ立ったまま彼の肌を愛撫《あいぶ》するようなしぐさをしていたなんて。まるで……まるで、彼に触れたかったみたいじゃないの。きっとジェイクも、そう思っているに違いない。性の喜びを追い求めるあまり、男なら誰にでも身を任せ、望まれてもいないのに自分から誘う――ジェイクは十六歳当時のわたしを、そんな人間だと思ったのだ。今も、やはり相変わらずだ、昔とちっとも変わっていないと思ったに違いない。

「話があると言ったのは、実は、リッチーが戻ってくるんだ」

ロージーは内心の怒りにすっかり気を取られていて、最初、ジェイクがなんと言ったのかわからなかった。数秒してから、厳しい、一本調子な口調で言われた短い言葉の意味がようやくわかった。

意味が理解できたとたん、ロージーはショックに青ざめ反射的にあとずさって、ジェイクとのあいだに距離を置いた。相手の顔をまっすぐ見つめ、いじめているだけではないのかと必死に表情を探った。しかしその目を見て、彼が本当のことを言っているのがわかった。

ロージーの心臓は狂ったように打ち始め、胃がよじれてむかむかした。

「なぜ……どういうこと？」

自分で自分の声が信じられない。まるでほかの人の声のようだ。恐怖とショックが体を走り、緊張しきったかぼそい声だった。

ジェイクが、さも不愉快そうに唇をゆがめた。彼女のせいでこの場の空気まで汚れた、そばにいるのも耐えられないというように、ジェイクはあとずさった。

「リッチーは結婚している。仕事でこちらに来るついでに、休暇を取ることにしたんだ。奥さんと子供たちも連れてくる。奥さんが彼の生まれ故郷を見たがっているんでね」

子供たち……リッチー・ルーカスに子供が生まれたですって？　ほんの一瞬、ロージーは恨めしさと苦痛に打ちのめされ、もう少しで声をあげそうになった。幸い苦悩は薄れ、目の前が赤くなるほどの激しい怒りもまた薄れた。

「昔とちっとも変わっていないんだな。相変わらずリッチーを……いまだに彼を愛しているんだ」ジェイクのうんざりしたような声が聞こえた。

ジェイクはまだ何か言おうとしたが、ロージーは彼をさえぎった。

彼女は突然激しい怒りに襲われた。あまりの怒りの激しさに、ジェイクを恐れていることも、彼が自分を軽蔑し嫌っていることも、何もかも忘れてしまった。ただ彼に反撃したい、自分が苦しんでいるのと同じ苦しみを彼にも味わわせてやりたいとしか思わなかった。

ジェイクに言い返してやりたい。その思いがロージーの心の中にわき上がり、荒れ狂い、はけ口を求めた。もはや抑えはきかない。口を開いたときは、その思いの激しさに文字どおり体が震えていた。

「リッチーを愛しているですって？　とんでもない！　彼を憎んでいるのよ……大嫌いだわ。昔からそうだったわ！」

ロージーはがたがた震えていた。もっと気をつけなくてはだめよと心の中で必死に叫ぶ小さな声にもほとんど気づかなかった。今は自分の感情を、恨みつらみを吐き出したい。ジェイク・ルーカスに自分がどんな思いをしているか、どれほど傷ついているか、わからせてやりたいという気持でいっぱいだった。

これまでにさんざんつらい思いをしてきたところへ、ジェイクに見当違いな非難をされた。そのために、自分を弁護したいという思い以外は、ロージーの頭の中からすべてが消えてしまったかのようだった。

「あんなことをされて、どうして彼を愛せるっていうの？　リッチーは無理矢理体を奪って……わたしの人生をめちゃめちゃにしたのよ」

ロージーの目からはぽろぽろと涙がこぼれた。激しい怒りの炎が体中を駆け巡り、長いあいだ心の中に閉じ込めていたすべての思いが熱く解き放たれるまで彼女は涙をぬぐい続けた。

「リッチーが無理矢理体を奪っただって？」

鋭い問いかけがひどく興奮したロージーの耳に届き、彼女ははっとして黙り込んだ。

ジェイク・ルーカスの声に含まれた氷のような不信感が、熱い感情の爆発を一気に冷やす。ロージーはそのショックと反動で自分の体がわなわなと震えているのに気づいた。

「きみは、リッチーがレイプしたと言おうとしているのか？　もしそうだとしたら……」

ロージーは吐き気で胃がむかむかした。足元がふらつき、思わず腕を伸ばして壁に手をつかなくてはならなかった。恐怖感がじわじわとわき上がってくる。しかし、ここでくじけてはいけない。ジェイクにわたしの傷つきやすさや苦痛につけ込ませ、真実に目をつぶらせてはならない。そんなことを許したら、わたしは自分の弱気を一生後悔するだろう。ロージーは不意にそう悟った。もちろん、十五年前のジェイクの姿は脳裏にくっきりと刻まれている。女性らしくふくらみつつある胸もあらわに、彼の叔父夫婦のベッドに身をこわばらせて横たわっていたわたし。そのわたしを、立ったまま見つめていたジェイク。体こそパニックとショックで麻痺していたけれど、脳ははっきりと彼のあからさまな嫌悪や軽蔑を感じ取っていた。それでわたしの心はずたずたにされたのよ。あのときは弱気に負けて、自分を弁護することさえしなかった。でも、あの間違いを二度と繰り返すつもりはないわ。

ロージーは窓枠に爪を立て、しっかりするのよと自分を励ました。ひとり立ちするのよ。あなたは一人前の女性よ、子供じゃないわ。

「リッチーがレイプしたとしたら、どうだっていうの?」ロージーは苦々しげな口調で問い返した。「あなたは法廷に立って、大喜びでわたしが嘘《うそ》つきだと証言するんでしょうね」唇が震えたが、落ち着こうと彼女は懸命に頑張った。「たしかに、リッチーはわたしをなぐって気絶させ、二階に連れ込んだわけじゃないわ。そういう状況じゃないと、あなたみたいな人はレイプだと思わないんでしょう?」

「きみは酔っ払っていた」ジェイクはきっぱりと口をはさんだ。日に焼けていても、彼が青ざめたのがロージーにはわかった。冷たく、感情を表さないと思っていた瞳まで、興奮のあまり炎のように燃えている。

結局のところ、ジェイクにも感情があるのだ。感情をあらわにすることがあるのだ。しかしそれがわかっても、彼が怒り出すのではないかと恐れるどころか、ロージーは自分の主張を曲げまいといっそう決意を固めただけだった。

「そのとおりよ。飲み物に強いお酒が混ぜてあったんだわ」ロージーはかすかに唇をゆがめた。「リッチーとわたしの友だちがぐるになってしたことよ」彼女は誇らしげに頭をもたげ、ジェイクの目をまっすぐに見返した。「彼は、そろそろわたしが世間を知る……初体験をするころだと思ったようね」

嫌悪感に目を曇らせて、ロージーは顔をそむけた。

「たしかにわたしは酔っ払っていたわ。ありがたいことにね。でも、自分が何をされているかわからないほどじゃなかったわ」

「リッチーは、きみが抵抗できないように強い酒を混ぜたと、そう言っているのか？」

彼の手厳しい声にロージーの肌はかっと燃えた。

「もしリッチーがきみの言うように無理矢理きみを犯したのなら……いったいなぜあのとき黙っていたんだ？　どうして何も言わなかったんだ？」

「誰に言うの？」ロージーは苦々しげに問い返した。「世間の人がどんな反応を示すか、あなたが身をもって示してくれたじゃないの。あんなことが実際に起きたんだということを忘れることしか頭になかったわ。リッチーは結婚しているんだから近づくなと警告しに来たの？　そうだとしたら、心配する必要などなかったわ。あなたもだけど、彼はいちばん近づいてほしくない人物よ」

ジェイクがはっと息をのむのがわかったが、ロージーは彼の顔を見ようともしなかった。感情を爆発させたせいで怒りが消え、急にがっくりと力が抜けてしまった。自分自身の反応にすっかり混乱し、気分が悪くて、今にも泣いてしまいそうだ。だが何よりも、ジェイクの挑発に負けてまくし立てなければよかったと絶望的に思うばかりだった。

打ち明けて、いったいどんなふうに事態が好転したというのだろう。ジェイクはわたしを信じなかった。彼は信じないだろうと思っていたが、やはりそのとおりだった。でも、ジェイクに真実を告げたいというやむにやまれぬ気持に負けたのは、自分の気持を満足させるためで、彼の気持を満たすためではなかった。

ロージーはジェイクに背を向けかけたが、彼の鋭

「あんまり昔のことだから、あのときのことは全部忘れたっていうわけか」

ロージーはジェイクの皮肉に動じまいとした。

「そのとおりよ。とても覚えていたいようなことじゃないでしょう?」彼女は冷ややかに嘘をついた。

い言葉に足を止めた。

「きみの話がもし本当なら……」

もしですって? ロージーはまたもやかっとなった。彼女はジェイクそっくりに嫌悪に口元をゆがめて振り返った。

「もしですって? あの場にいながら、どうしてそんなことが言えるの? あなたはその目ですべてを見たじゃないの。わたしを下品なあばずれと決めつけていたじゃないの」

「ぼくはそんなふうに思ったことは一度もない……」

ジェイクが否定したのにびっくりし、ロージーは一瞬無防備な表情で彼をまじまじと見つめた。

「でも、あなたは……」

そう言いかけてロージーはむっつりと口を閉じた。

「今さらどうでもいいわ。ずっと昔のことだし……」

4

「行かないですって？　どういうこと？　もちろん行かなくてはだめよ。シンプソン夫妻は、父さんや母さんのいちばん古くからの友達なのよ」クリシーは断固譲らないという口調で言った。

ロージーはかんしゃくを爆発させまいとした。クリシーときたら、妊娠してからますます人にあれこれ命令するようになったみたい。それともただ単にわたしが自制心をなくしてしまっただけかしら？　ジェイク・ルーカスに怒りを爆発させたため、わたしを包んでいた保護膜がなくなってしまったのかもしれない。ロージーは不安になった。

このごろは感情が振り子のように激しく揺れる。

一方に振れたかと思うと、まったく逆方向に振れていつもぴりぴりと緊張している。非難を込めて見つめているジェイク・ルーカスがいるのではないかと絶えず気になって、うしろを振り返ってばかりいる。

ジェイクとの庭での対決を思い出すと、ぞっとして身が縮む。なぜ彼にリッチーのことを話したのだろう。話してどうしようとしたのだろう。ジェイクに何を期待したのだろう。彼が謝ってくれるとでも思ったのだろうか？　悪いことをしたと深い後悔を示してくれるとでも思ったのだろうか？　ジェイクはわたしの話を信じようとしなかった。彼はそれをはっきりと態度に表した。

「ロージーったら……」ロージーはクリシーが話しかけているのに気づいてはっとした。「シンプソン夫妻宅のパーティーだけど……あなた、行かなきゃだめよ。わたしは行けないのよ。家族そろってグレッグのお母さんのところで週末を過ごすから」

「クリシー……」

「あなた、行くんですからね」クリシーはきっぱりと言い渡した。「それとも、秘密のデートの約束があるとでも言うつもり？　誰かさんと二人きりでこっそりどこかへ出かけて、ロマンチックな週末を過ごすつもりだっていうの？」

わたしの負けだわ。いっそのこと、仕事が忙しいと言い訳すればよかった。週末が近づき、机の上の書類をうんざりしたようにながめながらロージーは後悔した。

あの日以来、イアン・デービスからはなんの連絡もない。ロージーも自分のほうから電話するほど愚かではなかった。ほかにも仕事は山ほどあって忙しい。地元で盗難騒ぎが相次いだため、クライアントの家を一軒一軒訪問して保険請求の書類の記入を手伝わなくてはならなかった。

手間ばかりかかってもうけにならない仕事だが、忙しくしていられるのはありがたかった。忙しくしていればジェイク・ルーカスのことを考えなくてすむ。本当なら考えずにすむはずだった。

リッチーに対する怒りをジェイクにぶちまけることで緊張がやわらぎ過去とも決別できるかと思ったのに、かえって苦しみと絶望をよみがえらせただけだった。

もしジェイクがわたしを信じたとしたら、結果はまた違っただろうか？

ロージーは眉をひそめた。いいえ、彼が信じたからといって何も変わりはしない。ジェイクの許しの言葉などわたしには必要ない。だいいち、わたしを信じるためにはジェイクは自分が間違っていたと認めなくてはならない。彼にどうしてそんなことができるだろう。彼に理解してもらいたいとも、受け入れてほしいとも思わない。ジェイクには何も求めたりするものですか。ロージーはむきになってひとりつぶやくと、書類に神経を集中させた。

「だから、うちの人に言ってやったの。あなたが彼女に言わないのなら、わたしが言わなくちゃって。あなたのお姉さんだろうとなんだろうと、うちの子供の育て方に口を出させるつもりはありませんってね……。あら、ロージー、いらっしゃい。よく来てくださったわね」

ロージーはルイーズ・シンプソンの温かい歓迎にやましさを覚えながらも抱擁を返した。

「お天気がもって助かったわ。もっとも、ジムはあまり喜んでいないんだけど。大事な芝生を踏み荒らされはしないか心配なのよ」ルイーズは困ったものだというように話した。

シンプソン夫妻のガーデン・パーティーは毎年恒例になっていて、ロージーもいつも楽しいひとときを過ごす。だがジェイク・ルーカスに会ってからというもの、すっかり神経が張りつめ、彼やリッチーと出会ったらと思うと、どこへも出かける気がしなかった。だけど、ここにリッチーが現れるはずはないわ。ロージーは自分で自分を安心させた。覚えている限り、リッチーの両親は彼女の両親ともシンプソン夫妻とも特別親しくしていなかった。

ロージーはルイーズのあとから日差しの降りそそぐ庭に出ていった。しかし、明らかにオーストラリアなまりのある子供の声が聞こえた瞬間、彼女の足は止まった。とたんにパニックが襲ってくる。

ロージーはあわてて向きを変えると、声の聞こえてくる方向とは反対のほうへ向かった。主人のジムを取り囲むように集まっているゲストの中にまぎれ込み、ようやくほっとひと息つく。

彼女はできる限りその場を離れまいと、ほかのゲストが興味をなくしたあともジムが大切にしているばらについてあれこれ質問を続けた。

「そろそろバーテンダー役に戻らないといけないな。ロージー、何も飲んでいないじゃないか。一緒においで、何か作ろう」ジムが言った。

このままほかの人たちから離れてジムご自慢のばらのからまったつる棚のそばにいたい。だが、腕に手をかけて促すジムを、ロージーは断るわけにいかなかった。

家の外の石造りのテラスにバーがしつらえてあり、人がたくさん集まっていた。

シンプソン夫妻の孫のひとりが即席のバーテンダー役をしていたが、戻ってきた祖父を見てうれしそうな顔をした。これでお務めから解放されて、友だちと騒げると思ったのだろう。

恥ずかしがり屋の十七歳の彼は、ロージーがハローと声をかけると顔を真っ赤にした。

「あの子はきみにちょっぴり恋をしてるのさ」ジムは孫がいなくなるとくすくす笑いながら言った。

「無理もないよ。わたしだって、あと二十歳若かったら……」

ロージーは愛想笑いを浮かべ、アルコールの入っていない飲み物を頼んだ。

ジムがついでくれるのを待っていると、うなじにちくちくと刺すような刺激を感じた。誰かに見られている。ロージーは反射的にうしろを振り返った。

そのとたんぎょっとして凍りつく。

リッチー・ルーカスに見つめられていたのだ。ジェイクと違い、彼はこの十五年のあいだに外見がかなり変わっていたが、ロージーにはひと目でわかった。

学生時代、リッチーをハンサムだと思う女の子もいた。だがロージーは、金髪で筋肉隆々タイプの彼をちっともすてきだと思わなかった。彼の容貌《ようぼう》には、どこかがさつで野放図なところがあるような気がしてならなかった。性格がそのまま顔に出ているようで、なんとなく不快だった。そんなわたしの嫌悪を感じたから、リッチーはわたしを犠牲者に選び、血も涙もない野蛮な振る舞いをしたのだ。

今ではそのがさつさがはっきりと顔に出ていた。オーストラリアの太陽に焼かれた肌は赤褐色になり、金髪は赤茶け、薄くなっている。体重も増え、体つきからするとあまり運動していないようだ。リッチーは薄笑いを浮かべながら手にした缶ビールを上げ、ロージーに向かって乾杯するようなしぐさを見せた。隣で彼を心配そうに見つめている黒髪の小柄な女性のことなどまるきり無視している。彼女がリッチーの奥さんだろうか。そばにいる二人の男の子は彼の子供？　彼らの脇《わき》にはジェイク・ルーカスが立っていた。体に震えが走り、ロージーは口もつけないいま急いで飲み物のグラスを置いた。

もうここにはいられない。

「ロージー、大丈夫かい？」心配そうに尋ねるジムの声がした。

「え、ええ……大丈夫。電話をしなくてはいけないところがあったのを思い出したものだから……」

自分でも支離滅裂なことを言っているのがわかった。その場を抜け出す言い訳を必死になって考えようとすればするほど、ロージーの様子にジムはますます心配をつのらせる。

「仕事の電話かい？　いいから書斎の電話を使いなさい。場所はわかっているね」

うしろめたさと早くその場を離れたいという気持とで顔をほてらせ、ロージーは建物のほうへと向かった。うまくいけば誰にも気づかれないうちにここから逃げ出せる。もちろん、あとからルイーズに電話して、挨拶《あいさつ》もせずに失礼したことを謝らなくてはならないけれど。

ロージーは熱に浮かされたようにこれからの行動プランを練りながらフランス窓を開け、ひんやりと薄暗い家の中へと足を踏み入れた。

ガラスのドアにさえぎられ、パーティーのざわめきが遠のく。

遅めに着いたので、車を路上に止めてきたのは幸いだった。車まわしにとめていたらほかの車にふさがれて抜け出せなかっただろう。

キッチンで声がしている。ルイーズと手伝いの人たちがビュッフェの支度をしているのだ。

まるで犯罪者にでもなったような思いで、ロージーは息をひそめて様子をうかがった。誰も居間に入ってきませんように、出ていくところを誰にも見られませんように。

心臓は猛烈な速さで狂ったように打っている。心のパニック状態に体が反応しているのだ。

ロージーは部屋を横切って玄関ホールに出ようとした。外に出て家の脇をぐるっとまわり、車のとめてある正面側に出るほうがずっと簡単だっただろう。

だがそうしたら、またジェイクやリッチーたちと会うかもしれない。それが怖かった。

部屋を半分ほど行ったところでフランス窓の開く音が聞こえ、ロージーはその場に凍りついた。

「ロージー……もう帰るんじゃないだろう？」

恐怖のあまり、心臓が引っくり返りそうになる。

リッチー・ルーカス！　彼はわたしが家の中に入るのを見て、わざわざあとをつけてきたのだろうか？

それとも、これは単なる偶然？

リッチーの笑い声が響いた。ロージーは昔から彼の笑い声が大嫌いだった。あの夜も、彼を押しとどめようとすると、笑い声をあげたのだった。

「すごい美人になったじゃないか。本当にたいした美人になったよ。昔からいかすと思っていたんだ。なあ、ロージー……」

彼は、正体をなくしているとはいわないまでも、その一歩手前だわ。ロージーは足元のふらつくリッチーを見ながら気難しげに思った。彼はひどく汗をかいていて、不快な体臭を漂わせている。

ロージーは彼に背を向け、ドアを開けて逃げ出したかった。しかしリッチーと目を合わせているあいだは、どうにか彼を近づけないでおけるような気がする。だから、彼から目を離すのが恐ろしかった。

恐怖のあまり体が麻痺《まひ》してしまっているんだわ。車のヘッドライトを浴びた動物が身動きできなくなるみたいに。ロージーは一歩も動けなかった。もし動いたら、まさに恐れていることを招いてしまうような気がして怖かった。

「かわいいロージー……。もし、おれがこっちに残っていたらどうなっていただろうな」

千鳥足で近づいてくるリッチーを、ロージーは胸の悪くなる思いで見つめていた。

走るのよ……逃げなさい。頭の中で必死に叫ぶ声がする。だがロージーの体は、どうしても言うことを聞かなかった。

リッチーはロージーに触ろうと手を伸ばしてきた。かつてわたしの服を引きちぎり、肌に爪を立てた手だ。逃げようともがくわたしをあざ笑いながら、両手をうしろにねじり上げた手だ。

どうしよう！　ロージーはパニックに襲われた。恐怖、不安、嫌悪。それらがそっくりそのまま顔に表れているに違いない。

「結婚指輪をしていないな……。こいつはいい。結婚なんてくだらない。口うるさいかみさんとがきどもにまつわりつかれるのが関の山だ。きみとおれと楽しい思いができるぜ、ロージー……」

楽しい思い！　胃がむかついて、ロージーは吐きそうになった。これだけ近づきながら、リッチーにはわたしの顔に浮かんだ嫌悪がわからないのだろうか？　ロージーは理解に苦しんだ。

「ロージー……ああ、ここにいたのか、ダーリン」

ジェイクの声にロージーはびっくりして振り返った。

ダーリンですって？　ジェイクがわたしのことをダーリンと呼ぶなんて……。いったいどういうこと？

ほかのときだったらリッチーの態度をこっけいに思ったかもしれない。ジェイクが部屋に入ってきたとたん、リッチーはジェイクに気兼ねして、ロージーのそばを離れたのだ。

「ちょっと涼もうと思ってね」リッチーは口走った。

「あんたとロージーがわけありの仲だとは知らなかったんだ。ジェイク……」

「ナオミがアダムの様子を心配している。熱があるらしい。ホテルに戻りたいそうだ」

ジェイクはいつの間に、保護者のような顔をしてわたしの腕を取ったのかしら？　ジェイクに言われるままに引き返していくリッチーのうしろ姿を見ながら、ロージーはぼんやりと思った。

ショックで小さく身震いしたのが全身に広がり、ロージーの体はやがて震え出した。ジェイクにはこの体の震えがわかるに違いない。震えを抑えようとするけれど、体を緊張させればさせるほどますますひどくなっていった。

ジェイクがどんなことを考えているかわかったし、本当は恋人同士でもなんでもないのに、そうであるかのようなことを言ったわけもわかった。ジェイクは、わたしがリッチーをそそのかしてあとを追ってこさせたと思っているのだ。きっと、何もかもわたしが仕組んだことだと思っているに違いない。

ロージーは腕を振りほどこうとしたが、そうする間もないうちに部屋のドアが開いてルイーズが入ってきた。彼女は二人の姿を見てびっくりしたらしく、不意に立ち止まった。

「まあ、ジェイク……ロージー……」

「ぼくたち、失礼するところなんですよ、ルイーズ。ロージーの気分がよくないらしくて。きっと日に当たりすぎたんでしょう……」そうルイーズに説明しているジェイクの声が聞こえた。

ルイーズの目には驚きと詮索《せんさく》するような表情が浮かんでいる。ロージーの心は沈んだ。ルイーズはいい人だが、大変なゴシップ好きでもある。ジェイクとわたしが一緒にいるところを見た彼女がどんなふうに考えるか、手に取るようにわかる。何しろジェイクは、わが物顔にわたしの腕に手をかけ無言のうちに親密さを伝えているのだから。実際、二人のあいだにそんなものは存在しないのに。だがジェイクに導かれドアを通り抜けるあいだも、ロージーは彼の手をどうしても振り払えなかった。

いまだに震えが止まらない。さっきの出来事がショックだったから体に反動がきているのよ。ロージーはジェイクのなすがままになっている自分を、そうなぐさめた。

「もう、手を放して。大丈夫ですから」彼女はこわばった口調で言った。「犯罪人みたいに人を引き立てていくことはないでしょう。信じようと信じまいと、いちばん相手にしたくない人間はあなたのいとこのリッチーよ。だから、もしあなたが……」

「それはひと目でわかった」

ぶっきらぼうなジェイクの口調にロージーの全身が硬直した。「皮肉のつもりでおっしゃっているのなら……」彼女が言いかけるとジェイクはかぶりを振った。

「早合点しているのはきみのほうだ」彼の口調はおだやかだった。

ロージーがあっけにとられて彼を見返すと、ジェイクはむっつりとして言った。

「ロージー、きみの顔を見たんだ。リッチーを見たときの表情を。嘘《うそ》であんな表情はできっこない」

ジェイクはわたしを信じると言っているのだろうか？　リッチーがあとを追ってくるように、わたしが仕向けたとは思っていないと言っているのだろうか？　まさか。ロージーにはとても信じられなかった。ショックのせいで足元がふらつき、その瞬間、腕を取っていたジェイクの手にいっそう力が込められた。彼は悪態をつくと、哀願するかのように低い声で言った。

「頼むから気絶しないでくれよ、ロージー。ここではよしてくれ……」

気絶する……？　わたしをいったいどんな人間だと思っているのかしら。ロージーはかっとなった。もちろん、気絶なんかするものですか！

「気絶などしないわ」ロージーは一語一語しぼり出すように答えた。

「それを聞いて安心したよ。じゃあ、歩いても大丈夫かい？」

「もう、腕を取っていただかなくて結構よ」ロージーはむきになって言い、ジェイクがその言葉を無視したのでさらにつけ加えた。「わざわざ見送っていただかなくても大丈夫です。わたしの車はこちらですから」

「ぼくの車は向こうだ」

ロージーはあっけにとられて彼を見つめ、なおも言い張ろうとした。

「きみに運転させるつもりはないからね。今のきみの状態ではとても無理だ……」ジェイクは彼女がいくら言っても取り合わなかった。

「今の状態って、どんな状態？　わたしはなんともないわ」

不意にジェイクは立ち止まり、ロージーを向き直らせた。彼の顔を真正面から見る形になる。

「なんともないだって？　それならこの震えはなんだ。マラリアかい？　こんなふうにがたがた震えのくる病気はそれしか知らないな」

「震えてなんかいないわ」ロージーはジェイクの言葉を否定したが、すでに顔はほてり出していた。自分でも嘘をついているのがわかったし、彼もそれに気づいているとわかったからだ。

「いいかげん、あきらめたほうがいいよ、ロージー。ぼくの車まで抱えていかなくてはならないとしても、きみに運転させるつもりはない。それに、ルイーズが見てるんじゃないかな」ジェイクは最後にそうつけ加えた。

ロージーは不安になってうしろを振り返ったが、彼にからかわれたことに気づいた。

「どうしてあんなことを言ったの？」彼女は震えながら問いつめた。

「言ったって、何を？」

ロージーは歯を食いしばった。「どうしてルイーズにわたしたちが一緒に帰るなんて言ったの？　まるで……まるで……」

「まるで、なんだい？」

突然それまでの反動が襲ってきて、ロージーはかぶりを振った。とんでもない成り行きになってしまった。今はジェイクと言い争うだけの力がない。わざと〝ぼくたち〟という言葉を使って、ルイーズに二人がカップルであるかのように思わせたのはなぜ？　ルイーズだけでなくリッチーにまで同じことをほのめかしていたのはなぜ？　そんなふうに問いつめるだけの気力がない。

「さあ……行こう」

力もつき果て、言い争うエネルギーもないまま、ロージーは何も言わずに向きを変えジェイクに従った。するとジェイクは腕をまわしてきて、ロージーを守るかのようにしっかりと自分の体に引き寄せた。ロージーは体をこわばらせた。まるでわたしがどんなにか弱く、傷つきやすいかわかっているみたい……。

彼から離れるのよ。本能はそう告げるが、ショックでなえたロージーの体は、思いどおりにならなかった。

ジェイクに寄りかかり、彼の車へ導かれるままにしているほうがずっと楽だ。

あれほどジェイクを憎み嫌っていたのに。その彼にしっかり抱えられていることがこんなにも心安らぐなんて……どういうわけだろう。

そんなことを考えていると、急にジェイクが立ち止まった。「まずい」低い声でつぶやく。

彼がどれほど間近にいるかも忘れ、ロージーは反射的に顔を上げた。

「リッチーとナオミだ。ぼくたちを見たらしい。こっちにやってくる」

ほてった頬にかかる彼の息が冷たくて気持がいい。ジェイクがわたしにほほえみかけている。ロージーは胸をどきどきさせながら思った。まなざしまで急に優しく温かくなっているわ。

「ロージー……」

ジェイクがそんな呼び方をしたのは初めてだった。彼がわたしの名前を口にすると、なんて違って聞こえるのかしら。

頭も、心も、体も、さっきリッチーが引き起こした恐怖から完全に立ち直っていないまま、ロージーはけげんそうにジェイクを見上げた。

ジェイクの顔が近づいてくる。顎に添えられた彼の手は、緊張してほてった肌とは対照的に冷たくてしっかりしている。

その瞬間ロージーは彼の意図を悟り、ぎょっとして凍りついた。

顔をそむけ、押しのけようとしても手遅れだった。彼に力強く抱き締められて、身動きが取れない。これまでは守りとなり安らぎを与えてくれていたジェイクの腕が、今やロージーを閉じ込めていた。

それまでの麻痺したようなショック症状に、怒りが取って代わった。ロージーは、放してと言おうとして口を開いた。

「ロージー……」

彼女は自分の名前を呼ばれるのを聞いたというより、唇に触れたジェイクの唇の動きからそれを感じ取った。ジェイクにキスされかっとしたロージーは、怒りに燃える目を見開いたまま体を硬くした。しかしジェイクは、そんな彼女の体のメッセージを気にもとめなかった。彼はロージーの顎にそって手をすべらせ、顔にかかった髪をゆっくりと愛撫《あいぶ》するようにかき上げながらキスをした。ロージーが体をこわばらせているのも無視し、ぎゅっと結んだ唇に何度も唇を這《は》わせては優しく愛撫を続ける。ジェイクは思いやりと決意の混じった、ロージーにはまるでなじみのないキスを繰り返す。彼女が唇を固く結んだままでいられなくなるまで、何度も何度も。

ロージーは、自分でも唇が震え出すのがわかった。ジェイクもロージーの唇の震えを感じたらしく、キスをやめ、一瞬唇を離した。それから親指で優しく彼女の唇をなで、そっと力を加えて唇を開かせる。

ロージーはかっとしてジェイクをにらみつけた。力ではわたしを押さえつけられても、心までは支配できないわよ。

ジェイクも目を開けていた。伏せたまつげのあいだから瞳が光るのが見えた。ジェイクはロージーの瞳をのぞき込み、続いて唇に視線を落とした。〝きみの理性や感情はぼくを嫌って拒否しているかもしれないが、体のほうは言うことを聞かないじゃないか。それは、ぼくが暴力を使ったからではない〟ジェイクの目はそう言っているようだった。

ジェイクは彼女の唇を見つめたままだ。またキスするつもりだわ！　そう気づくとロージーの背中に戦慄《せんりつ》が走った。

「やめて」彼女の口から苦悩に満ちたかすかな震え声がもれた。

「まだいたのか、ジェイク」

「今帰るところさ、リッチー」

リッチー！

緊張のあまり背筋がこわばる。それと同時にロージーは氷のように冷たい恐怖にとらえられ、無意識のうちにジェイクに身を寄せた。彼が腕をまわして引き寄せたので、ロージーは初めて自分の動作に気づいた。ぴったり彼にくっついているために、ジェイクの心臓の鼓動、骨や筋肉の力強さまで感じ取れる。わたしは本当にジェイクに、リッチーへの恐怖から守ってもらいたかったのだろうか？

「リッチー、この子たち疲れているし、おなかがすいているのよ」

リッチーの妻の声にはいらだちが感じられた。

「うるさいな。ごちゃごちゃ言うのはよしてくれよ、ナオミ」

ひとかけらの愛も尊敬もないリッチーの言い方に、ロージーは思わず顔をしかめた。彼の奥さんに紹介されてはいないけれど、気の毒に思わずにいられない。

もしわたしが彼女の立場で、あんな口のきき方をされたらどんな気持がするだろう。ロージーには容易に想像がついた。他人の目の前で、しかも子供までそばにいるというのに、愛を誓った相手にあんなことを言われるなんて。あんまりだわ。

ロージーはジェイクの腕が離れていくのを感じ、一瞬パニックに陥った。彼にしがみつきたい、リッチーがこの場にいるあいだはわたしを放さないでと頼みたい。そのとき、ジェイクが車の助手席のドアを開けてくれたことに気づいた。ロージーは顔を赤らめたまま、ほっとして車に乗り込んだ。その瞬間、いやらしい表情を浮かべたリッチーの顔がちらりと目に入った。

「ジェイク、あんたの選択は正しかったよ」リッチーが言うのが聞こえた。「男は独身のほうがずっといい思いができる」

リッチーの妻がおどおどした、半ば哀願するような表情で夫を見つめるのを見て、ロージーはますます彼女が気の毒になった。彼女はリッチーを愛しているんだわ。そのために彼女はとても弱い立場に立たされている。二人の男の子まで父親に対しておどおどしているようだ。二人とも小さいのに、父親をまねて、母親には乱暴で軽蔑《けいべつ》的な態度をとっている。歩み寄っていく彼らの姿を見ながら、ロージーは思った。

「かわいそうな女性《ひと》……」

ロージーは自分でも気づかないうちに声に出していたらしい。ジェイクはそのひと言を聞きつけた。

「ああ、そのとおり。リッチーの態度はあんまりだ。それでもナオミはリッチーを失うのが怖いんだ。彼女が今度のイギリス旅行を望んだのも、家族だけで過ごす時間が持てるからだ。オーストラリアでは、リッチーは仲間と過ごすほうが多いらしい」ジェイクは運転席にすべり込み、ドアを閉めながら言った。

ジェイクの声に含まれたあからさまな非難の響きに、ロージーは眉をひそめながら彼を見た。

昔は、リッチーとジェイクは似た者同士だと思っていた。二人は血がつながっている。だから異性に対する態度もきっと同じだと思っていた。二人のうちどちらが嫌いだったかといえば、リッチーよりジェイクのほうだった。ジェイクのほうがずっとおおっぴらにわたしを軽蔑したし、非難したからだ。ナオミに対してあんまりだとリッチーの態度を責めるジェイクに、ロージーは混乱した。

「ナオミは夫婦仲をとても気にしているんだ。リッチーがきみに目をつけたのを見て、うれしいはずがない」

ロージーはまじまじと彼を見た。

「リッチーがわたしに目をつけたですって？　でも……」

「彼はきみのあとをつけて家の中に入っていったんだ。ナオミはその彼の姿を見かけたのさ。ぼくがあのときあいだに入らなかったら……」

それでは、ジェイクがわたしを抱き寄せキスしたのも、二人が恋人同士だとほのめかしたのも、リッチーのありがた迷惑な関心からわたしを守るためではなかったのね？　リッチーが妙なまねをして、奥さんを苦しめないようにと思ってだったのね。

そう考えたとたん、ロージーの体中に今まで感じたことのない苦痛が広がった。あまりの痛みに声をあげまいと、彼女はてのひらに爪を立て、ぎゅっと手を握った。もし車のスピードが出ていなかったら、ドアを開けて外に飛び出していただろう。

そのとき突然、車が家とは別の方向に向かっているのに気づき、ロージーは眉をひそめた。

「わたしの家はこっちじゃないわ」

「わかっている」ジェイクは落ち着き払って答え、一瞬間を置いてからつけ加えた。「ぼくのところへ連れていくんだ。ぼくたちは話し合わなくてはいけない」

「話し合うですって？　何を話し合うっていうの？」ロージーはジェイクの高飛車なやり口にかっとして彼をにらみつけた。

だがジェイクの表情を見てはっとし、ロージーは思わず身がまえた。

「過去と……それから、未来についてさ……」ぞっとするような答えが返ってきた。

5

過去について話すですって？　ロージーの背筋に悪寒が走った。ジェイクは何を企《たくら》んでいるのだろう？　わたしが泣き崩れ、リッチーがレイプしたなんて嘘《うそ》でしたと言うまで容赦なく問いつめるつもりなのだろうか。

真実を聞かされてジェイクがどれほどいやな顔をしたか、わたしはこの目で見た。だから、彼がどんなに腹を立てたか、プライドを傷つけられたか、よくわかっている。

しかしジェイクがわたしにリッチーの話を取り消させようとするのは、プライドを傷つけられたからというだけではないだろう。

ジェイクがリッチーの奥さんや子供のことを話したのは、リッチーに手を出すなとわたしに警告するためだったのよ。リッチーにレイプされたと話したのに、それでもわたしが彼とかかわりを持ちたいと思っていると、本気でジェイクは考えているのだろうか？

ジェイクはそう思い込んでいるに違いない。そうでないとしたら、どうしてわたしたちがカップルであるかのように振る舞ってみせたのだろう。キスまでしたのはなぜ？

あのキスは……。心臓の鼓動のリズムは急に乱れた。意思に反して、けだるさと官能の混ざり合った未知の感覚が全身に広がる。

キスならこれまでにも経験している。けれど、ジェイクのキスほど心を乱すキスはひとつも思い出せなかった。

彼のキスは、新たな世界を教えてくれた。彼のキスによって、心の中の痛いほどの悲しみと苦しみに気づいた。男性のキスには深く心を動かす力があり、そうしたキスにわたしは抗《あらが》いきれないのだと不意に気づかされたような気がした。

でも、それに負けてはいけない。ジェイク・ルーカスがどんな人間か、二人の関係が本当はどんなものだったかを忘れてはいけない。かっとなって十五年前の出来事の真実を打ち明けたからといって、わたしと彼の関係は何も変わっていない。

ジェイクはわたしを守ろうとして、シンプソン夫妻の家の中まで追ってきたわけではなかった。最初そうだと思っていたうぶな自分が恥ずかしい。ジェイクはリッチーの夫婦仲を守ろうとしてあとをつけてきたのに。

それも、このわたしから守ろうとして。

わたしがリッチーの結婚生活を壊したがるなんてとんでもない。リッチーにはオーストラリアを離れずにいてほしかった。そのほうがどんなによかったか。

少なくとも、リッチーはあの出来事をまったく覚えていないようだ。それは救いだった。かつては彼がすべてを忘れているのに驚いたけれど、あの晩の彼はひどく酔っていた。だとすると、彼が何も覚えていなくてもそれほど驚くこともないのかもしれない。

ロージーは、リッチーが今夜のことを言い触らしたら……と恐れおののいていた十五年前のことを思い出した。彼は自分のしたことを覚えていないらしいと気づいたとき、どれほどショックを受け、信じられない思いをしたことか。

もちろん、リッチーが何も覚えていなくてよかったと思った。しかしそれと同時に、自分の人生にあれほど大きな影響を与えた出来事がリッチーにはなんの印象も残していないのだと思うと、ひどく苦々しい気持になった。

彼は罪悪感も苦痛も、苦しみさえ感じなかった。良心の呵責《かしやく》などまったくなかったのだ。

十五年たち、今日リッチーを見てわかったのは、彼はそうした感情とは無縁の人間だということだ。ロージーは初めて、父親がどんな人間かを身ごもった子供が知らずにすんでよかったと思った。

リッチーのような父親を持ったら子供がかわいそうだ。彼が自分の子供にどんな影響を与えているか、わたしは今日この目で見た。

いったいわたしはなんということを考えているのだろう。ロージーはそんな自分にショックを受けて身震いした。その震えを感じ取ったかのように、ジェイクがこちらに顔を向けたのがわかった。

「もうすぐ着くよ」彼はぶっきらぼうに告げたが、ほかの男性が言ったのであれば、気づかってくれていると思うところだ。

けれど、ジェイクはわたしを軽んじている。わたしの評判がどうなってもかまわないと、彼ははっきりと態度で示した。誰に見られるかわからない場所でわたしにキスするなんて、二人は恋人同士だとみんなに宣言したようなものだ。

一九九〇年代の今の世の中、カップルは互いに心が結ばれていれば結婚という絆《きずな》は必要ないと信じて、公然と同棲《どうせい》する場合もある。だが、ここは小さな市場町だ。母親や祖母たちは〝もちろん世間体のためだけで子供たちに結婚しなさいなんて無理強いする気はありませんよ。義務感で結婚した夫婦に育てられるより、自分を愛してくれる二人に育てられるほうが子供にとってはずっといいですよ〟と言ったりする。しかしごく親しい友だちには〝息子や娘には、かわいい孫を紹介される前にまず結婚してほしいものだわ〟とひそかに打ち明ける。両親は、わたしの生き方に口をはさんだりしないだろう。それでも、ロージーとジェイクは恋人同士だけど結婚の予定はないそうよなどという噂《うわさ》を聞いたら、心の奥では傷つくに違いない。ロージーにはそれがよくわかった。

それに、代理店のクライアントのこともある。ほとんどはわたしと同年代か、もしくは若い人たちだ。彼らはわたしが私生活で何をしようがちっとも気にしないだろう。でも、父から代理店を引き継いだとき父のクライアントだった人たちの多くは、父親のあとを継いだわたしがうまくやっていけるかどうか懸念した。もし彼らの耳にゴシップが届いたら、やはりと思われてしまう。一夫一婦の関係を結んでいる父親の世代の人たちには、結婚もせずに男性と関係を結ぶ女性はまともな人間ではないと見なされる。わたしは彼らの目から見れば、地位もなければ尊敬にも値しないことになる。それればかりか、彼ら相手の仕事も失うことになるのではないだろうか。ロージーはうんざりして目を閉じた。なすすべのない絶望感と反感が押し寄せてくる。

彼女をちらっと見て、ジェイクは眉をひそめた。今でも、二人だけで車に乗っていてさえ、ロージーはぼくから体を離し、二人のあいだに距離を置くこつを身につけている。

ジェイクの心に容赦のない痛みが走った。もう十五年、いや、十六年になるだろうか。それなのに今もまったく変わっていない。彼女は相変わらずぼくを夢中にさせる力を持っている。今まで誰も触れることさえなかった感情や欲求に訴える力を持っている。

もちろんロージーはぼくを憎んでいる。それは以前からわかっていた。ベッドにいる彼女を見つけたあの夜、ロージーの目には憎しみが浮かんでいた。あれ以来彼女と会うたびに、いつも彼女の目には憎しみが宿っていた。

今日の午後までは。

今日の午後、ぼくを見たロージーの目には憎しみは見られなかった。

だからといって、愛情のこもった目つきをしたわけでもないさ。ジェイクは自分に言い聞かせた。

初めてロージーを愛していることに気づいたとき、あと少しで二十四になるところだった。ロージーを愛している！　自分でもその考えに吐き気をもよおした。彼女はまだ十六歳の女学生、ほんの子供だ。彼女と同い年の少女の中には性的にませた子もいたが、ロージーにはそうしたところが少しもなかった。

ロージーは無垢《むく》で、何もわかっていなかった……ぼくにどんな思いをさせているか、まったく気にもとめていなかった。

ジェイクは理性と知性を結集させて、ロージーを愛する気持と闘った。ぼくは一人前の男だが彼女はまだほんの子供だ。ぼくのこの思いは運命の気まぐれないたずらだ。一種の病気、狂気ともいうべきものだ。ぼくにとってもロージーにとっても危険な感情だ。

やがてこんな思いは消えるだろう。いや、消えるべきだ。ぼくの存在にさえ気づいていない十六歳の子供に、恋をするはずがない。ぼくがすべきことは彼女の存在を無視することだ。そうすれば自分もロージーも傷つけることなく、いつかこの思いは消えていくだろう。

そんなことを思っていた矢先に、ベッドにいるロージーを発見したのだった。叔父夫婦の家の近所に住む人が、リッチーがアルコール・パーティーを開いているようだと電話をしてきてくれた。

リッチーの家に行ってみると、居間には酔っ払ったティーンエイジャーがあふれ、しらふではとうてい我慢できそうもないほどの大音量でロック音楽が鳴り響いていた。

リッチーが見当たらなかったので、ぼくはまず彼のベッドルームを見ようと二階に上がった。すると、叔父夫婦の寝室のドアから明かりがもれている。誰か中にいる。

ぼくが部屋に足を踏み入れたとき、リッチーはベッドのかたわらに立っていた。服はちゃんと着て。だが、ロージーは……。

あの瞬間味わった思いがこだまのように体中に響き渡り、ジェイクはハンドルをきつく握り締めた。

ロージーは身動きもせずにベッドに横たわっていた。いかにもリッチーの愛撫《あいぶ》に満足しきったように。あのときはそう思った。ベッドに近づいた記憶はない。目に入ったのは、顔をこちらに向けぼくを見たときの彼女の表情だけだった。

激しい嫉妬《しっと》心に駆られ、そんな自分にむかついた。それほど経験したかったのなら、どうしてリッチーを相手に選んだりしたんだ。そう彼女を問いつめたかった……。

なぜぼくのところに来なかったんだ。

だが、もちろんジェイクには答えはわかっていた。ロージーはぼくの存在すら知らなかった。彼女はリッチーに恋していると信じ込んでいたのだろう。リッチーはもうすぐイギリスをあとにするから、二度と会えないだろうと思ったのだ。リッチーに体を捧《ささ》げて愛を成就したかったのだろう。

あとになって、ベッドを隔てた反対側にリッチーがいて本当によかったと思った。もし目の前に彼がいたら、殺してやりたいという激しい衝動を抑えきれなかったに違いない。

いとこに嫉妬するなんてたしかによくない。それもただの嫉妬ではない。苦痛でわけがわからなくなるほどの激しい嫉妬だ。だがいくら嫉妬したとしても、そのことと、相手を肉体的に痛めつけてやりたい、殺してやりたいと思うのとはまた別だ。

服を引き寄せ、ロージーは血の気を失った顔でぼくを見た。恐れおののいたような表情を浮かべて……。あのときは、彼女がぼくの気持に気づいたからだと思った。だが、今は……。

ジェイクは隣に座るロージーにちらっと目をやった。彼女は目を開けていたが、顔をそむけ、窓の外を見ていた。

ぼくは、ロージーは自分から進んでリッチーと二階に行ったのだと信じ込んでいた。しかし、実際は違った。〝飲み物に強いお酒が混ぜてあったの。わたしを痛めつけ、はずかしめようとリッチーとわたしの友だちが計画したことだったのよ〟まさかそんな話をロージーの口から聞かされようとは思わなかった。なぜレイプされたと言わないで黙っていたのか。なぜひと言の抗議もしなかったのか。それらはすべてぼくのせいだと非難された。

そして今日の午後ロージーの表情を見て、彼女がリッチーのことを本当はどう思っていたのかはっきりと理解した。

どうしてこれほど人を見る目がなかったのだろう。どうしてあのとき気づかなかったのだろう……。なぜあの場で、もっと詳しく尋ねなかったのだろう。ロージーを愛していたのなら、なぜ彼女が何か隠していると思わなかったのだ。ぼくだけでなく、ほかの人にも秘密にしていることがあるのではないかと、どうして疑ってみなかったのだ。

いちばん役に立てたはずなのに、かえってロージーを遠ざけてしまった。あのときロージーは、秘密を打ち明けられる相手、大切な友だちとしてぼくを頼ったかもしれないのに……。ところが反対に、彼女を軽蔑《けいべつ》している、責めていると思い込ませてしまった。

たとえロージーを愛していなかったとしても、どうして彼女を軽蔑したり責めたりできただろう。彼女はまだほんの子供だったのだから。

だがあとで、リッチーとのことで影響はなかったのかとききに行ったときのロージーは、もう子供ではなかった。反抗心と敵愾《てきがい》心に燃える目をした、冷たく取りつく島のないひとりの女性に変わっていた。

あのときは、彼女の思いを理解しないままにリッチーがイギリスを離れてしまったことで、ぼくを責めているのだと思った。

だが今では、真実を知っている。

ジェイクは顔をこわばらせ、自宅のあるこぢんまりした高級住宅街に通じる私道を曲がった。

ロージーはジェイクに向かって〝あなたの家になんか行きたくない、話なんか聞きたくない〟ともう一度言い張ろうとした。しかし彼の表情の険しさに、ロージーは何も言えなかった。リッチーとのやりとりのショックがまだ抜けていないのよ。ロージーが震えながら自分に言い聞かせているうちに、ジェイクはれんがを敷きつめた車寄せに車をとめた。

見たところモダンな感じだが、伝統的な建築様式の家だ。まわりの家と同様、こんもり茂った木々の中に建ち、家の正面のれんがの温かみのある色が緑の背景とよく調和していた。

ジェイクは車のドアを開け、ロージーが降りるあいだ礼儀正しく待っている。リッチーのマナーとは大違いだ。リッチーの恐ろしさは肉体的な力と野蛮なところだったけれど、ジェイクのほうは距離を置きながらいつも、軽蔑を含んだ目でこちらを見ているようなところが脅威だった。

ジェイクのそんな視線には以前から気づいていた。ジェイクにあの晩の乱れた姿を目撃されるずっと前から。あんな変な目つきで見られるなんて、わたしがどんな悪いことをしたというの。わたしはおどおどしながら思い巡らしたものだった。あの晩ジェイクと顔をつき合わせるはるか以前から、わたしは彼を恐れていたんだわ。ジェイクが玄関の鍵《かぎ》を開けるのを待ちながら、ロージーはそう悟った。

けれど、今ではもうジェイクを恐れてなどいない。彼を恐れる理由などないもの。彼があの手この手で脅しても、リッチーがレイプしたという話は絶対に引っ込めたりしないわ。

長方形の玄関ホールはかなり広く、一分のすきもない装飾が施されている。だが、人の住んでいる気配はほとんど感じられなかった。

絵もなければ花も飾られていないし、家の人のものが散らかってもいない。ロージーの考えるような家庭らしさといったものはどこにも見られなかった。

ジェイクは振り返ると、彼女の心を読んだように苦笑いしながら言った。

「殺風景だろう？　ギリシアに行っていることが多いせいだな。週に一度掃除に来てもらっているミセス・リンドウのせいもあるんだ。彼女が〝散らかった部屋には我慢できません。花を飾るとあとがやっかいです〟って言うものだから」

「その方のおっしゃることももっともだわ」ロージーはそつのない返事をした。

「でも、散らかっても何をしても、きみなら花を飾るだろうな」

びっくりしてジェイクを見上げたロージーは、彼の目に浮かんだ表情に当惑した。たしかに花はよく買うほうだが、彼の言うとおりだとは認めたくない。花を見て、香りをかぐだけで幸せな気分になる。だから花びらが散り始めても、最後の一輪が枯れるまで捨てる気になれない。

「居間のほうがくつろげるんじゃないかな」ジェイクが玄関ホールの奥にあるドアを開けながら言うのが聞こえた。彼はロージーを先に通そうと戸口で待っていた。

居間も玄関と同様、非の打ちどころのない飾りつけだった。完璧《かんぺき》すぎて殺風景なところまで同じだ。

暖炉の前の大きなソファだけが、わずかに人目を引く。

「祖母のものだったんだ」ソファに目をとめたロージーにジェイクは説明した。「インテリア・コーディネーターは処分したいと言ったんだが、ぼくがだめだと言ったんだ。カバーをかけることで互いに妥協したのさ。ぼくはもとのすりきれたベルベットのほうが好きなんだけどね」

「座り心地がよさそうだわ」

いったいどういうことだろう。彼の態度はほとんど優しいといえるようなものだ。わたしを気づかっている……恐れているとさえいえるほどだ。

「そのとおりさ。かけてごらん」ジェイクは言った。

自分でも気づかないうちにロージーはソファにちょこんと腰を下ろしていた。なんてゆったりして、かけ心地がいいのかしら。

ジェイクが笑い出すのが聞こえた。「まるで、日曜日におばあさんの家でお行儀よくしている女の子みたいだな」

自分でもそんなふうに感じていたので、ロージーは思わず顔を赤らめた。ソファの絹のカバーはエレガントすぎるし、背が低いため、深く腰かけると足が浮いてしまい、どうも落ち着かない。

「そんなかけ方ではだめだ。靴を脱いで脚を上げるといい」ジェイクが言った。

「そんなこと……カバーをよごして……」

「たかが布じゃないか。ものより人のほうがずっと大事だ。ロージー、ぼくたちには話し合わなくてはならないことがたくさんある。だけど、まずその前に何か食べるかい？　シンプソン夫妻のところで食べそこなったからね」

ロージーはかぶりを振った。朝食以来何も口にしていないのはわかっていたが、今は緊張しすぎていて何かを食べるどころではない。

「だったら何か飲み物は？　紅茶、それともコーヒーかい？」

どうしてジェイクはさっさと用件を話さないのだろう。彼は、わたしの緊張をわざと高めようとしているのだろうか？　優位に立とうとしているのだろうか？　そうすれば土壇場で……。ロージーは苦々しげに思った。

ロージーはどちらも欲しくないと首を横に振った。

「ぼくは何か飲むよ。すぐ戻ってくるから」ジェイクの声が聞こえた。

もうだめだわ。苦しくて、もうこれ以上窮屈な姿勢は続けていられない。背筋を伸ばして脚を突っ張らせたまま座っているなんて無理だ。ジェイクの言うとおり、靴を脱いでソファの上に座るのがいちばん楽だ。

ロージーが座り直しているところへ、ワインのボトルと二つのグラスを手にしたジェイクが戻ってきた。

彼は両方のグラスにワインをつぎ、一方を差し出したが、ロージーはかぶりを振った。

「ただのワインだよ」

ジェイクの言い方はおだやかだったが、ロージーは真っ赤になった。あのパーティーの夜、強いお酒を飲まされたと話したけれど、彼はそのことをからかっているのだろうか？　まさか、アルコール類は飲んだことがないとは言えない。それではあまりにも誘惑に弱いような印象を与えてしまう。

ロージーは断る代わりにジェイクの差し出したグラスをしぶしぶ受け取った。シンプルなグラスにそそがれた暗紅色の液体が、グレーに統一された室内の唯一のいろどりとなってひときわ輝いている。グラスを手にすると、そこからぬくもりが伝わってくるような気がした。

ロージーはひと口飲んでみて、温かみのあるフルーティーな味わいが気に入ったことに自分でも驚いた。

ただのワインよ。それも、たったの一杯だわ。ロージーは自分に言い聞かせた。ジェイクがソファの片端に腰を下ろして彼女のほうを向くと、ロージーは恐る恐るもうひと口飲んだ。

いよいよだわ。彼は、例の話を持ち出してくるだろう。リッチーについて言ったことを取り消すようにと言ってくるだろう。

「ロージー、あのパーティーの夜のことだが……」

「あなたがなんと言おうと、どんなに圧力をかけようと、この前言ったことは引っ込めないわ。わたしの話したことは本当よ」

「ああ、わかっている」

ジェイクの素早い返事に、ロージーは一瞬言葉を失った。まじまじと彼を見つめ、あわててワインをあおる。体中に広がるワインのぬくもりが、緊張で凍りついたようになっている体を温めてくれるのがうれしい。

「信じて……本当に信じてくれているのね？」

ジェイクがうなずくのを見て、ぐっと胸がつまり、ロージーはもうひと口ワインを飲んだ。

「今は信じてくれているかもしれない。でも、あのときは信じようとしなかったわ……」

ジェイクの表情を見て、ロージーの心の奥で何かが壊れ、鋭い痛みが走った。

「きっと、あなたは信じなかったわ」ロージーは彼の目に浮かんだ表情を否定するように繰り返した。

ジェイクはうなだれた。

「あのときのあなたの顔……。嫌悪や軽蔑をありありと浮かべたあなたの顔を見たわ……」

ジェイクは手にしたグラスをもてあそんでいた。その様子は今までの彼とはまったく違っている。まるで、ジェイクが二人のあいだにいつも置いていた隔たりが、どういうわけか消えてなくなったような感じだった。

「きみの誤解だよ。あれは、自分に向けたものだったんだ」ジェイクは低い声で言った。「きみに嫌悪や軽蔑を感じたからじゃない。ぼくはきみを責めたことも、軽蔑したことも決してない。たしかに、きみは進んでリッチーについていったんだと思った。でもそれは、きみ自身がリッチーに恋していると信じ込んでいるからだと思ったんだ」

ロージーは身震いした。「昔から彼のことは大嫌いだったわ。いつも人をばかにして、あざけって……。それというのも、わたしが……」彼女は言葉につまってうつむいた。

「それというのも、きみがバージンだったからだ」ジェイクが代わりに言った。

痛いほど生々しく込み上げてきた思いに、かえって言葉が出ない。ロージーは黙ったままうなずき、気を静めようとさらにワインを口にした。

ジェイクに連れられてこの家に来たとき、これほど立ち入った会話をかわすことになるとは思ってもみなかった。彼がこれほどためらいもなく、あっさりとわたしの言い分を認めてくれるなんて予想もしていなかった。彼が本気で信じてくれているなんて、思いもよらなかった。

ロージーは考えもしなかった展開に頭がくらくらした。まるで大きな重しが取れたようだ。心まで軽くなった気がする。

「とても恥ずかしかったわ……。耐えられないくらい罪の意識を感じたし、恐ろしかった……」

「悪いのはリッチーだ」ジェイクはロージーを見ながらいったん言葉を切り、低い声でつけ加えた。「それに、恥ずかしいのはぼくのほうだ」

「いいのよ。ずっと昔のことですもの……。今さらどうでもいいわ」ロージーはぎこちなく言った。

今さらどうでもいいですって？　わたしったら、何を言っているのかしら。もちろん、どうでもよくなどない。あの夜の出来事は一度だって忘れたことがない。ジェイクの見せた嫌悪も、軽蔑も。彼はただ、それらはわたしに向けたものでなく、彼自身に向けたものだと言っただけだ。

「今日の午後のことだが……パーティーを抜け出そうとしたのは、リッチーの姿を見たからかい？」

過去の話から突然現在のことに話を移されたため、ロージーは不意をつかれた。

「ええ。あなたたち二人を見たから……」思わず自分が口をすべらせたことに気づいて、ロージーは唇をかんだ。ジェイクが沈んだ表情を見せたので、言いかけた言葉の先まで彼が理解したのだとわかった。

「きみにそう言われても仕方がない。リッチーのせいで動転してきみが怖い思いをしたとしたら謝る」

「でも、リッチーは覚えていなかったわ……あのパーティーのことを。あの晩、彼はひどく酔っていたから……」

「それでも、きみをレイプできないほどじゃなかった」

荒々しいジェイクの声に、ロージーははっとして体をこわばらせた。

「ナオミを傷つけたくないんでしょう？　あなたのその気持はわかるわ。でも、わたしのことなら心配いらないわ」ロージーは苦々しげな笑みを浮かべた。

「リッチーと奥さんの仲を裂きたいだなんてとんでもない。あなたはわたしをリッチーに近寄らせたくなかったんでしょうけど、今日の午後みたいな強硬手段を取る必要はなかったわ。彼は、わたしがこの世でいちばん相手にしたくない人間よ。もし彼が結婚していなくたって……」

ロージーはワインをぐっとあおった。

「彼の前であんなことを言ってほしくなかったわ。まるで、あなたとわたしが……。話がもれて、みんなが噂をするようになったらどうするの？　今どき、そんなことを気にする必要がないのはわかっているわ。女性だって、男性同様、性を楽しむ権利があるんですものね」ロージーは自分でも顔がほてるのがわかったが、なんとしても自分の気持を言わなくてはと思った。

「でも、その相手がぼくだとは思われたくない。きみはそう言いたいんだね？」

ジェイクは怒っているようだった。怒っている彼のほうがロージーの知っているジェイクのイメージに近い。彼の声はとげとげしく、こわばっていた。

「この町は小さな町よ。古い考え方をする人が多いわ。仕事のことがなかったら、わたしだって……」

「仕事のことがなかったらどうなんだ？　ぼくと恋人同士だと思われても平気だ、そう言いたいのかい？」

ジェイクにつめ寄られ、ロージーは反射的にあとずさった。皮肉っぽい彼の目に射すくめられ、顔がほてる。

「別に、そういうわけじゃ……。相手があなただからじゃなくて……」彼女はとっさに否定した。

ジェイクはさっと体をこわばらせ、すかさず問いつめてきた。

「ぼくが相手だからじゃない」

彼はそっと繰り返し、深く息を吸った。やがてそうだったのかという表情を浮かべながら静かに尋ねた。

「ロージー、教えてほしい。リッチーにレイプされてから、男が……何人くらい恋人がいたんだい？」

どうしよう。ロージーは自分でも全身がぶるぶる震えだしたのがわかった。さまざまな思いがわき上がるにつれ、涙で胸がつまる。苦痛が、パニックが、深い悲しみが、抑えようもない波となって体中に広がっていく。

「誰も……ひとりもいないわ。とても……そんな気になれなかった……。恋人なんて……」

「ロージー……ロージー……」

ジェイクはあっという間に近づくと、ロージーの手から空のグラスを取り上げ、そっと胸に抱き寄せた。ロージーはまだほんの子供……赤ん坊だとでもいうように、ジェイクはそっと優しく彼女を抱き締めた。

赤ん坊……。

ロージーの苦悩の叫びは、ぴったりと押しつけられたジェイクの胸にかき消され、いつの間に泣いていたのか、彼のワイシャツは涙でぬれていた。

ロージーは涙を止めよう、彼から体を離して気持を落ち着かせようとした。だが、ジェイクは放そうとしない。代わりに彼は、優しくあやすようにロージーになぐさめの言葉をかけ続けた。「大丈夫だよ。思いきり泣くといい。苦痛も、苦悩も、恨みつらみもすべてぶつけるといい」

ロージーの耳に、かすかに警告する声が聞こえた。しっかりするのよ。ジェイクを相手にこんなことをしていてはいけないわ。ずっと敵だと思ってきた人じゃないの。

だが今の気持をわかち合うのに、ジェイクほどふさわしい人間がほかにいるだろうか？　誰が彼以上にわたしを理解できるというの？

「何もかも吐き出すんだ、ロージー。もう何も隠す必要はない。苦痛も怒りも、思いきり感じていいんだ」優しく話しかける彼の声がする。

ジェイクが髪をなでてくれている。そのゆったりとした手の動きが、安らぎばかりか心のどこかで望んでいた、彼との体の触れ合いをも与えてくれる。

ロージーに触れ、抱き締め、話しかけることによって、ジェイクは彼女の過去の一部になったと同様、彼女の現在の一部にもなったかのようだった。

抑えきれなくなったロージーの口から一気に言葉があふれ出した。さまざまな思いがとぎれとぎれの言葉に込められてどっと表に出てきた。彼女はいつの間にか十六歳に返り、あの当時口に出せなかったすべての感情を口にしていた。激しい苦しみや罪悪感、ジェイクによってかき立てられた怒り、それらのすべてを言葉に表していた。

ロージーはジェイクの胸をこぶしで激しくたたきさえもした。あのとき、彼から受けた心の傷――傷ついたと言うことさえできなかった心の傷を、彼をたたくことでいやすかのように。

どうしてリッチーにではなくジェイクにこうした感情が集中しているのか、ロージーは疑問に思いさえもしなかった。とても理性的に頭が働く状態ではなかった。だが、ジェイクは違った。


ロージーは傷口を開いて毒を出すように、鬱積《うっせき》した思いを吐き出している。そんな彼女を抱き締めながら、ジェイクは悲しみと罪悪感にさいなまれた。かわいそうに、ロージーはどれほどつらい思いをしたことだろう。

彼女はいやいやリッチーについていったのではないかと、なぜ疑ってみなかったのだろう。あれがロージーでなく別の女の子だったら、きっと疑っていただろう。けれど、ぼくは愛と嫉妬に目がくらんでいた。ロージーはぼくに対して感じない欲望をリッチーに抱いているのだと思い込んで、自分から二階に上がっていったのだと決めつけてしまった。

あのときロージーが身動きもせずに横たわっていたのは、官能の歓《よろこ》びに満足していたからでも、愛の行為の余韻にひたっていたからでもなかった。嫉妬からそう信じ込んでしまったが、本当は違った。それどころか、あれはレイプされた恐怖とショックで体が麻痺《まひ》していたせいだった。恐怖から逃れようとする心の防衛作用が働いていたから身動きできなかったのだ。今になってみるとすべてが理解できる。

「リッチーはひどい暴力は振るわなかったわ。手荒だっただけ」レイプされたときのことを優しく尋ねるジェイクにロージーは答えた。「力で押さえつけられたけれど、行為そのものはあっという間だったわ」

思い返してみても記憶に残っているのは、苦痛というよりショックだったということ、どういうわけか彼の目当てを察することができず、行為を止められなかった自分が恥ずかしかったということだけだった。

ジェイクはロージーを抱き締め、彼女の話に耳を傾けながら、激しい後悔に胸を締めつけられていた。今のこの気持は、とても言葉では言い表せない。これからは自分の犯した罪の重荷を背負っていかなくてはならないのだ。

これほど精神的ダメージの大きい出来事を、彼女はひとり胸に秘めておかなくてはならなかったのだ。ロージーがどんなにひどい心の傷を負ったか、想像するだけでも耐えられない。彼女には、打ち明ける相手も、支えとなってくれる相手も、誰ひとりいなかったのだ。ぼくこそ、ロージーが打ち明けられる、彼女の支えになる人間であるべきだった。ところが、かえって彼女の精神的ダメージを大きくしてしまった。そう思うと、なおさら耐えられない。

この十五年間というもの、ロージーはすべてを自分ひとりの胸に閉じ込めていた。心の痛みを閉じ込めておくことがどれほど大変なことか、ぼくほどよくわかる人間はいない。その点では熟練していると思っていたけれど、ロージーもそうだった。彼女は自己卑下と罪悪感という重荷にじっと耐え続けたのだ。そのどちらも、それと気づかずにこのぼくが口ージーに植えつけたものだった。

ロージーの口から聞くまでもなく、ジェイクには彼女の人生になぜ、あれ以来誰ひとりとして男性が存在しなかったのかわかった。性を楽しんでいいのだ、歓びを得て当たり前なのだと教える男性がなぜいなかったのか、その理由がよくわかった。

それもまた、ぼくが原因なのだ。

ジェイクは、もたれかかったロージーの、魅惑的で温かな体の重みを感じた。彼女はかすかに震えている。感情を爆発させ、過去の苦しみを再び体験したことで疲れきっている。

ジェイクはロージーをきつく抱き締め、彼女の頭に顎を載せて目を閉じた。目の奥が焼きつくようだ。これは自分自身を思っての涙ではない。ぼくは涙を流すに値しない。この涙はロージーを思っての涙だ。

もし……今さらもしなどと仮定してみても仕方がない。しかしロージーがぼくを頼ったとしたら、どうなっていただろう。たとえ彼女の愛は得られなかったとしても、二人は理解と友情の絆で結ばれたかもしれない。

ロージーがやがてぼくを愛してくれることだってあり得たかもしれない。ロージーがぼくを信頼してくれたら、愛情を体で表現するとはどういうことか、欲望とはどんなものか、教えてあげられたかもしれない。

ジェイクは、彼女への燃える思いに全身がこわばるのを感じた。それは昔のような飢えに似た欲望ではなく、鋭い、突然の欲求だった。

ジェイクには、ロージーへの愛は決して消えない、変わらないとわかっていた。この年になればそのくらいわかるし、自分がどんな性格かも承知している。今ほかの女性と結婚したら、相手の女性に二番手の役を押しつけることになる。たとえ相手が気づかなくても、そんなことはできない。それくらいならこのまま独身でいるほうがましだ。

ジェイクはロージーの頭にかかった絹のような赤褐色の髪を見下ろした。

彼女を傷つけ滅ぼしかけたのはぼく自身だ。リッチーではなく、このぼくだ。ロージーはリッチーの犯した罪よりも、ぼくの反応――彼女に対する勝手な判断や軽蔑のほうを、ずっとはっきり覚えていた……。

ロージーは体の震えこそまだ止まっていなかったが、涙も言葉の奔流もすでに止まっていた。

精も根もつき果てて、ロージーはジェイクの胸にもたれかかっていた。力強く、かすかに乱れた彼の胸の鼓動を感じ、温かい彼の体のにおいをかぐと、なんとなくほっとする。彼女は本能的にジェイクの胸に体をすり寄せた。

〝きみの誤解だよ。ぼくはきみを責めたことも、軽蔑したことも決してない〟そうジェイクは言った。彼は本当のことを言っている。ロージーには直感的にわかった。

そう思った瞬間、ジェイクとのあいだの隔たりが消えた。ロージーは、過去の話をしたい、長いあいだ胸に秘めていたさまざまな思いを言葉にしたいという欲求に圧倒されたのだった。

そして感情の嵐《あらし》が過ぎ去った今、すっかり疲れきって震えが止まらない。それでも、心に食い込むような苦い思い出がすべて清められ、急に体が軽くなったような気がする。ただ、体に力が入らず、動けない。ロージーはジェイクの腕に抱かれたままだった。彼に寄り添っていたい、彼の腕にしっかりと抱かれ、守られていたい。苦しみをわかち合い、理解してくれる彼のそばを離れたくない。そうした思いが強くて体が言うことを聞かない。

ロージーは目を閉じたが、名前を呼ぶジェイクの声にしぶしぶまぶたを開け、頭をもたげて彼を見た。

ジェイクは暗い表情のまま、彼女の顔にかかった髪を優しく払い、そっと耳のうしろにかけた。

ロージーは、シンプソン夫妻のところでジェイクがキスしたときのことを突然思い出した。目が自然に彼の口元に行く。急に胸が締めつけられるような気がして、息を吸い込もうとロージーはかすかに唇を開いた。

あんなふうにキスした人は今まで誰もいなかった。ほかの何もかも忘れ、感じるのはただ、体中にゆっくり広がる甘美な歓びだけ。あんな気持にさせる人はただひとりだ。

ジェイクが顔を近づけてくる。ロージーの心臓は狂ったように打ち始めた。

ジェイクはもう一度キスするつもりかしら？　今度もあのときと同じように感じるかしら？　わたしは……。

ロージーはからからに乾いた唇を神経質そうになめた。彼女の名前を口にするジェイクの口調に、さっと体がこわばる。

ロージーの頭のどこかで、厳しく警告する声がする。わざと挑発的に振る舞っているのね。そんなこと、危険よ。けれども、ロージーはその声に耳を貸さなかった。ジェイクにキスしてほしい。心臓が引っくり返りそうだ。わたしを抱き締め、わたしに触れてほしい……。

ロージーは衝動的に手を伸ばし、てのひらでジェイクの顎に触れた。急に全身で相手を意識すると同時に、呼吸も速くなった。

「ロージー」

ジェイクの声が、突然くぐもって聞こえる。彼は首を傾けロージーのてのひらを唇で愛撫した。

全身に震えが走り、ロージーはねだるように彼を見つめながら顔を近づけていった。

「ロージー……」

ジェイクは彼女を押しとどめるつもりだった。

〝きみは心乱れる思いをしたばかりだ。今はその反動がきているだけだよ〟そう説明したかった。だが、ロージーの息が唇にかかると、そんな考えはどこかへ行ってしまった。ジェイクは良心の声も無視して、ロージーにキスした。彼女が口にしたワインの味が広がり、口づけに震えて反応する彼女の唇や体を全身で感じる。するとそれに応《こた》えるように、彼の体も抑えきれない興奮に高まった。

ジェイクの口づけにロージーは喉の奥で低く声をたて、しなやかで温かい体を彼に押しつけてくる。ロージーは無意識に反応している。彼女の様子を見ればそれは一目瞭然《りようぜん》だった。

ジェイクは両手でロージーの顔に触った。端整な顔立ちをなぞり、耳の形、首筋の線をたどる。愛撫にロージーが激しく身を震わせるのを感じると、もう抑えがきかず、いっそう激しく口づけする。荒々しくなるジェイクのキスに、彼女は一瞬ショックを受けたようにためらったが、やがてそのためらいも消えた。ロージーの手が、せわしなくジェイクの背中を行き来する。まるで、肌にじかに触れたいのに、ワイシャツがじゃまで仕方がないというように。ジェイクはワイシャツのすそをズボンから引き出し、彼女の唇にささやいた。「ぼくに触ってほしい。ぼくもきみに触りたい」

ジェイクがわたしに触れたがっている？　ロージーは体をこわばらせ、目を開けた。

両手は彼のがっしりした温かい背中にぴったりと押しつけられ、口元はやわらぎ、唇はキスのせいでかすかにはれている。そのキスは、自分のほうからねだったものだ。

いったいどうしたというのだろう？　さまざまな思いが入り乱れて、自分で自分の気持がわからなくなり、ロージーはぶるぶると震えた。

「さあ、ぼくに触って」ジェイクが言い、彼は同時に、どれほど彼女に触れたいと思っているかを口にした。

ジェイクはロージーを抱き締めたまま、唇で喉を優しく愛撫する。両手は……。

ジェイクの両手が胸元まで迫っている。わたしが少し体を動かせば彼の手は胸に触れるだろう。そう気づいたロージーは身震いした。

優しく官能的にわたしの顔をたどる彼の指先。あの指先が胸に触れたら、同じ歓びをもたらしてくれるだろうか?

そう考えた瞬間、激しい欲望が体を突き抜け、ロージーは自分の反応にショックを受けて息をのんだ。

「ロージー……どうしたんだ、大丈夫かい?」

彼女は返事ができないまま、震えながらジェイクにしがみついた。今のこの気持をどう表現すればいいのだろう? 心が浮き立つと同時に、恐れも感じる。けれど、今起こっている驚くべき事実を否定するつもりはなかった。こんなふうに欲望を感じさせた相手がジェイクだという事実を。そしてこれまで女としての自分を恐れ嫌悪していたけれど、その陰には、その気になりさえすれば過去の傷を乗り越えてしまうほどの強い官能が秘められているという事実を。

「ロージー……」

ロージーはジェイクがそっと彼女を押しのけようとするのを感じた。しかしロージーの絹のドレスをすべった手が柔らかな胸のふくらみに触れたとたん、ジェイクはぴたりと動かなくなった。

ロージーもまた、体を緊張させた。息をすることさえできない。ジェイクに触ってほしい。だが、どんなふうに伝えたらいいのかわからない。じゃまな服をそっと脱がせ、ドレスの下につけているブラを外してほしい。顔を愛撫したときのように、優しく胸を愛撫してほしい。もう一度わたしに、汚れのない無垢な人間だと感じさせてほしい。男の欲望というものを体験させ、わたしにも欲望を表現させてほしい。

しかしジェイクが彼女の望みどおりにすると、ロージーは急に緊張し、パニックに襲われた。体が恐怖に凍りつき、ジェイクの温かい手に触れられても緊張は解けていかない。

「ロージー……大丈夫、大丈夫だよ」

なぐさめてくれるジェイクの頼もしい声が聞こえ、彼がそっと体を離すのを感じて、ロージーを縛っていた恐怖のかせは外れた。

「いや……お願い、やめないで……わたし……」

ロージーがかすれた声でとぎれとぎれに口にするひと言ひと言が、炎の矢となってジェイクに突き刺さった。彼女が欲しい。彼女を愛している。けれど、今のロージーは心乱れた状態で、ぼくを欲しいと思い込んでいるにすぎないのだ。彼女が混乱しているのをいいことに、つけ込むのはよくない。それでも、ロージーが自分から彼にキスし始めると、ジェイクはもう逆らうことはできなかった。もう止められない……。

ジェイクが再び彼女の胸を愛撫し始めると、凍りつくような恐怖に代わって、痛いほど官能的で心地よい興奮がロージーの全身を駆け巡った。彼女は体を弓なりにそらしてジェイクの髪に手を差し入れ、自分の胸に彼の頭を引き寄せた。ロージーはソファの背に頭をつけたままだ。ジェイクが反応を見ながら唇で胸をそっと愛撫しても、彼女はおびえもしないし、いやがる様子も見せない。ジェイクはついに情熱に身を任せた。彼女への熱い思いを表したい。あまりの激しい歓びにロージーが思わず声をあげるまで、彼は愛撫をやめなかった。

かき立てられ、欲望に突き動かされて、ロージーはさらに彼に体を寄せた。ところがそこで、ふと自分のしていることに気づいた。大変だわ。このまま続けたら……。

ジェイクは、ロージーが体をこわばらせるのを感じた。彼女はもとの殻に引きこもろうとしている。顔を上げて彼女を見ると、ショックとパニックで瞳がうつろになっていた。

自分のこの手が……愛撫が、彼女にリッチーを思い出させたのだろうか？　ジェイクの胸に自己嫌悪と苦痛が込み上げた。

「ロージー、どうか……」

許してほしい、とジェイクは彼女に頼もうとした。だがロージーは彼の声に含まれた苦悩を誤解して、彼が言い終えないうちにかぶりを振った。彼女の瞳には、さきほどのショックがまだ残っていた。

「だめよ……だめ……わたしにはできない。あんな思いは二度といや。また赤ちゃんを殺すなんて耐えられない……」

苦しみと罪悪感という重荷に押しつぶされて、ロージーは無意識に口走っていた。あっさりと過去を、あの出来事を忘れてしまったことが自分でも信じられない。もう少しで、体中に脈打つ痛いほどの欲求に屈して、ジェイクに思いきり愛してとせがむところだった。そう考えると、自分で自分がいやになった。

リッチーにレイプされたことを忘れるなんてどうかしている。身ごもった子供のこと、妊娠を知ったときのパニックや怒り、子供を流産したときの罪悪感や苦痛、常につきまといわたしの人生に暗い影を投げかけたあの流産の喪失感を、どうして忘れることができたのだろう。

ロージーはそうした心の中の思いにわれを忘れ、自分が何を口にしたかまるで気づかなかった。自制心のなさと、あっという間に欲望に圧倒され本来の気持をすっかり忘れてしまっていたことにショックを受けていた。問いつめるジェイクの鋭い声を耳にして、彼女ははっとわれに返った。

「赤ん坊ってどういうことだ？　何を言っているんだ。あのときぎみは言ったじゃないか……」

いけない！　うっかり口をすべらせて子供のことを話してしまった。ロージーはジェイクをまじまじと見つめた。

彼女の受けた衝撃は強烈だった。まるで氷のように冷たい大波をまともにかぶったようだった。文字どおり、体ごと波にのまれ、真っ暗な海の底へ引きずり込まれていくように感じた。

ロージーはゆっくりと、そしてしぶしぶ現実に戻ってきた。だが、さっき自分が口にしたことは思い出したくない。ジェイクの緊張ぶりをぼんやり感じながらも彼には目を向けないで、ロージーは彼の差し出したワインのグラスを受け取った。

口も喉もからからだ。ジェイクにワインのお代わりを頼むと、彼はかすかに眉を寄せ、一瞬ためらってからグラスにワインをついだ。

ワインの与えてくれるぬくもりが欲しい。酔って、感覚を麻痺させたい。ロージーはごくごくとワインを飲んだ。ちらっと自分の体を見下ろして、わけがわからないというように顔をしかめた。ちゃんとドレスのボタンはかかっているのに、下にブラをつけていない。

布を通して胸の先がはっきり見える。

目を閉じたい、このまま眠ってしまいたい。ロージーは不意にその欲求に圧倒された。彼女はあくびをし、せっぱつまったようなジェイクの声も無視して、再びあくびをした。

「疲れているのよ。ベッドに行きたいわ」ロージーはすねたように言った。

立ち上がったとたん目の前が揺れ、ロージーははっと目を見開いた。ワインを二杯もお代わりしたせいで、頭がふらふらして何がなんだかわからない。彼女はもう一度あくびをすると目を閉じた。

ジェイクはふらっとしたロージーを抱きとめた。そっとソファに横たえたときには、彼女はぐっすり眠り込んでいた。

それも、すっかり酔っ払って。ワインをたった三杯飲んだだけで？　そんなばかな。だが、こくのある赤ワインだったし、そういえば、ロージーは何も食べ物を口にしていなかった。おまけに精神的にも大変な思いをしたのだ。心と体が眠りに逃げ場を求めたとしても驚くには当たらない。

ロージーを家に送っていくべきなのはわかっていたが、ジェイクは彼女を帰せなかった。さっき彼女が口にした言葉の意味を説明してもらうまではだめだ。

リッチーの子供を宿しただって？　家を訪ねていってきいたとき、ロージーはそっけなく〝影響はない〟と言ったではないか。しかし、今では彼女がぼくのことをどう思っていたかわかっている。あのとき彼女がぼくに打ち明けたはずがない。

ジェイクはむっつりした表情のまま、彼女を抱き上げた。

幸いミセス・リンドウは、いつも予備のベッドを用意しておいてくれる。ロージーはそこに寝かせよう。そうすれば明日の朝話し合える。

彼女がリッチーの子供を宿そうが宿すまいが、彼女を思う気持は変わらない。彼女への愛は変わらない。

けれど、もし彼女があのとき妊娠したとしたら……。ロージーはどんなに大変な思いをしただろう。ジェイクは彼女の心中を察して思わずひるんだ。レイプされたうえ、さらに……。

今、ロージーを起こしたところで無意味だろう。ジェイクは戸口で立ち止まり、腕の中で眠る彼女の顔を見下ろしてそっと口づけた。

「ロージー、愛しているよ」ジェイクは彼女の唇にそっとささやきかけた。ロージーに聞こえたはずはないのに彼女の口元がかすかにほほえんだように見えた。

これは幸せな未来を予言するものだろうか？

6

必ず、二人の未来を築いてみせる。ジェイクはロージーを抱いて二階に運びながら心に誓った。彼女を客用寝室のベッドにそっと横たえ、ドレスを脱がせてパジャマ代わりのワイシャツを着せると、上がけをかけた。

ロージーはぐっすり眠り込んでいて、服を脱がせるあいだも身動きひとつしなかった。ジェイクはベッドの脇《わき》に立って、彼女の寝顔を見下ろした。

さっき、ロージーがストップをかけてくれてよかった。ジェイクには、ロージーが激しい情熱を込めて彼に応《こた》えた理由がわかっていた。ぼくに欲望を感じたからではなく、彼女が内に秘めていたさまざまな思いを一気に解き放ったことが原因だ。

ロージーには辛抱強く接していこう。時間をかけ、距離を保ちながら、徐々に彼女をリラックスさせよう。それでもなお彼女に受け入れてもらえなかったら……。それはそれで仕方がない。愛は強制できないし、ぼくもそんなことはしたくない。だがもし、彼女のそばを離れずにいて、いつか彼女の信頼をかち得ることができたら……。

ジェイクは背をかがめ、そっとロージーの顔に触れた。どうしても触らずにいられなかった。やがて背を伸ばすと、彼は階下に下りていった。

居間の床には空のワイングラスが置かれ、ソファの下には、たくし込まれるようにロージーのブラがはさまっていた。

ジェイクはそれを持って二階に上がり、ドレスのそばに置いた。胸にキスしたときのロージーの反応がよみがえってくる。ぼくの愛撫《あいぶ》に彼女は熱く応えてくれた。けれど、ぼくが求めているのはロージーの肉体的な反応だけではない。彼女の愛も欲しい。

喉の渇きを覚えて、ロージーはしぶしぶ目を覚ました。妙に熟睡した気がする。

枕《まくら》の上で頭を左右に動かすと、かすかに頭痛がする。自分のベッドではないことに気づき、彼女は顔をしかめた。

とたんに昨夜のことを思い出し、ロージーは真っ赤になった。いつもの抑制を忘れ、なんて奔放に振る舞ったのだろう。普通なら決して口にしないようなことを言ったり、したりした。本当になんて恥ずかしい！　ロージーは燃えるような頬をしたまま、自己嫌悪に身を震わせた。

きっとワインのせいだわ。それと、リッチーを目にしたショック……ジェイクがわたしを嫌っても軽《けい》蔑《べつ》してもいなかったと知った、そのショックのせいよ。

人はショックを受けると、思いがけないことをするものだわ。

欲望に身を任せることだって……。ロージーはそうした考えを脇に押しやり、上がけをはいだ。そしてとたんに身をこわばらせた。この格好はいったい何？　これは、昨日わたしが着ていたものじゃないわ。

わたしをベッドに寝かせるときに、ジェイクがドレスを脱がせ、ワイシャツを着せたんだわ。

綿のシャツを通して、ばら色に染まった胸がすけて見える。昨夜、ジェイクが胸に口づけしたあととまったく同じだ。罪悪感が怒りの固まりとなってロージーの心の中ではじけた。

どうして昨夜はあんなことができたのだろう。ジェイクの愛撫を許してしまうなんて……あれほどまでに望むなんて、いったいわたしは何を考えていたのだろう？　結果を考えずに体を重ねるのが危険だと、あのとき急に思い出さなかったら、今朝はジェイクのベッドで目を覚ましていたかもしれない。今、わたしのいるこのベッドではなく、ジェイクのベッドで……。もしかしたら彼の腕の中で目を覚ましたかもしれないのだ。

想像した瞬間、熱い思いがどっと押し寄せ、ロージーはそんな自分にあきれ返った。いったいわたしはどうしてしまったのだろう？　二十四時間前までは、ジェイク・ルーカスを恋人にするなんて想像もしなかった。それなのに、今は……。いいえ、今だって彼を恋人にしたくなんかないわ。ロージーは激しく自分に言い聞かせた。わたしの望みはただひとつ。着替えをしたら、できるだけ早くここから失礼することよ。昨夜の出来事をきれいさっぱり忘れることだわ。

あんなふうにジェイクの目の前で取り乱してしま

うなんて……誰にも話せないと思っていたことを彼にぶちまけてしまうなんて、どうしたのだろう。ほかの人間に話すことなど決してできないと思っていた心の奥の秘めた恐れや欲求を、彼に明らかにしてしまうなんて。いったいわたしはどうしてしまったのだろう。

だが不思議なことに、それらをジェイクとわかち合うのは少しも難しくなかった。彼が打ち明けやすくしてくれたのだ。

そしてふと自分のしていることに気づき、思わず大きな声をあげてしまったのだった。妊娠したあげく、また流産するのが怖い！

ロージーは記憶に残っているジェイクの表情を消し去ろうと目をつぶった。

彼は今どこにいるのだろう？　話し合いをしようと、わたしが下りていくのを階下で待っているのだろうか。

不安になってドアのほうに目をやると、ベッドのかたわらの椅子にドレスがきちんとたたまれ、メモが置いてあった。

一時間ほど外出してくる。十時にひきたてのコーヒーをいれた。アスピリンは戸棚にある。もし必要なら。

ひきたてのコーヒー……。ロージーは思わず目を閉じた。早くもコーヒーの香りをかぎ、熱く元気の出るその風味を味わっているような気がする。アスピリンですって？　ロージーは顔をしかめた。ところが床に足を下ろしたとたん猛烈に頭が痛み、一瞬ひるんだ。

バスルームには必要なものがすべてそろっていて、新しい歯ブラシまであった。たとえ花を生けるのが嫌いでも、ほかの点ではミセス・リンドウの仕事ぶりは完璧《かんぺき》だわ。ロージーは感心した。熱いシャワーを浴び、次に冷たい水を浴びると、肌がぴりぴりして一瞬息がつまったが、眠気はすっかり吹き飛んだ。昨夜は家にいるときよりずっと熟睡できたような気がする。

絹のドレスは驚くほどちゃんとしていて、しわひとつなかった。しかし、二日続けて同じ服を着なくてはならないのがいやで、ロージーは少しばかり顔をしかめた。

だいいち、平日に着て歩くような服ではない。いかにもよそ行き用に見える。月曜の朝には、まったくふさわしくない。

わたしの車が外にあったらこのまま帰れるのに……。けれどそれはかなわないことだ。こうなったらタクシーを呼んで、ジェイクが戻ってくる前に車が着くことを願うしかない。

ジェイクと顔を合わせる……。彼は、いったいどう思っているだろう？　どんなことを覚えているだろう？　そう思っただけで、ロージーは自己嫌悪のあまり身震いした。

どうしてあんなふうに、無節操な、抑制を忘れた振る舞いができたのだろう。

近ごろ、仕事面でも感情面でもストレスが大きかった。クリシーに〝子供ができたの〟と言われたとき、自分がどんな反応を示したかを思い出しても、それがよくわかる。

子供……。ロージーの体はさっとこわばり、ジェイクが戻る前にここから出ていきたいと願っていたことさえ忘れてしまった。

ジェイクに、口をすべらせて子供のことを言ってしまった。もう、打ち明けたも同然だ。どうしてそんなことができたのだろう。なぜ口にしてしまったのだろう。

昨夜、ジェイクが欲しくて彼に愛撫をせがんだ。

思い返すと、恐怖と怒りがないまぜになった複雑な気持になる。しかしそれさえ、急にどうでもよくなった。ジェイクに子供のことをしゃべってしまった。無意識に内なる自分をあらわにしてしまった、あの信じられないような自分の行為を思うと、ほかのすべてのことはかすんでしまう。

目をつぶると、鋭く問いつめるジェイクの声や、彼の目に浮かんだ激しい怒りがよみがえってくる。本人は混乱しているのに、脳だけは勝手に働いて、くっきりと過去をよみがえらせる。

「早くここを出ていかなくては」ロージーはパニックに陥りひとりつぶやいた。

ジェイクから逃れ、彼とのあいだに距離を置かなくては。ロージーはあわてて階段を下り、キッチンに向かった。電話と電話帳を求めてあたりを見まわすと、壁の時計に目がとまった。

十時半だ。ジェイクが出かけてすぐに目を覚ましていれば……。でも、彼が戻ってくるまであと三十分ある。

うまくいけば、彼が戻る前にここから出ていけるかもしれない。

壁かけ式の電話は見つかったが、電話帳が見つからない。ロージーは豊かな香りに誘われて、コーヒーのほうに目をやった。一杯飲みたい。そのとき、ノックもないまま突然裏口のドアが開いた。

ロージーはさっと緊張した。驚きのあまり全身の血が一瞬のうちに引いたような気がして、体が冷たくなった。だが現れたのはジェイクではなく、リッチーの妻だった。彼女と一緒にいる年上の女性には、かすかに見覚えがある。たしか、わたしの母と同年配で、リッチーの両親がこちらに住んでいたとき、とても親しくしていた人だ。

二人ともロージーを見た瞬間、その場に棒立ちになった。最初に口を開いたのはナオミ・ルーカスだった。日に焼けたほっそりした感じの顔を心なしかなごませ、彼女はロージーに親しみを込めてにっこり笑いかけた。

「びっくりさせてごめんなさい。自由に出入りしていいよって、ジェイクが家の鍵《かぎ》を渡してくれたんです。それで、ヘレンに買い物に連れていってもらう途中に寄ってもらったんです。リッチーと子供たちが押しかけてくるわよって、前もってジェイクに言っておこうと思ったものだから」彼女はかすかに顔をしかめた。笑みを浮かべてはいるが、緊張しているらしい。「リッチーは、子供の扱いがあまりうまくないんです。ジェイクのほうがずっと上手だわ。オーストラリアの男性って、なかなか父親業に熱が入らなくて……」

〝リッチーはオーストラリア人じゃなくてイギリス人よ〟舌の先まで出かかったが、あやういところでロージーは思いとどまった。わたしはリッチーが大嫌いで、嫌悪しか感じない。でも、ナオミは彼の奥さんだし、彼を愛しているのだから。

ロージーには、ナオミの親しげな態度が驚きだった。昨日はわたしを見る目つきに敵意が感じられたような気がしたのに。

具合の悪い立場を感じて落ち着かないし、感情がデリケートになっている。おまけに、ナオミと一緒にいる女性の視線が気になって仕方がない。ジェイクの家のキッチンにいるわけを納得してもらうには、どんな説明をすればいいのだろう？　ロージーが頭を悩ませているとナオミが再びにっこりし、温かい口調で言った。

「昨日は、あなたとジェイクがカップルだとは気がつかなかったの。ぶっきらぼうだったらごめんなさいね。ジェイクも、わたしたちを正式に紹介するつもりだったと思うのよ。何しろわたしたち、こちらに来たばかりなものだから。それはそうと、ジェイクはすぐ戻ります？」

わたしとジェイクがカップルですって？　ロージーは動くことも口をきくこともできなかった。今のナオミの言葉があまりにショックで、一瞬、どちらの機能も麻痺《まひ》してしまった。

ジェイクの行動があらぬ推測やゴシップを招くだろうということは昨日のうちからわかっていた。しかしロージーは今朝、自分にしっかり言い聞かせたばかりだった。昨日のことは無視して何事もなかったように振る舞うことよ。そうすればそのうちみんなも忘れるわ。ところがナオミは、今のさりげないひと言で、本人はそれと気づかずに、そうしたわたしの思惑を完全に打ち砕いていた。

やっと名前を思い出したが、ナオミと一緒にいる女性、ヘレン・ステディングは、興味深げな目つきでわたしのことを見ている。わたしが昨日の午後着ていた絹のドレスを今朝もまだ着ているのを見て、彼女がどんなことを考えたのか容易に想像がつく。うしろめたさがそっくり顔に出て真っ赤になるのが、ロージーは自分でもわかった。

これでは町の広場で、ジェイクと一夜を過ごしましたと叫んだようなものだ。ヘレン・ステディングの表情が憶測から確信のそれへと変わるのを見て、ロージーはぞっとした。

たとえわたしとジェイクが一夜を過ごしたとしても、ナオミにとってはたいした問題ではないだろう。互いにその気になれば、わたしやジェイクの年のカップルが体の関係を結ぶのは近ごろでは少しも珍しくない。けれどヘレン・ステディングは、わたしがそうしたタイプではないことは知っている。ヘレンのさも興味津々といった視線を浴びて、ロージーの心は沈んだ。ジェイクが留守なのに彼の家にいるわけを二人にきちんと説明して納得させられるどころか、わたしとジェイクが恋人同士だというナオミの勝手な思い込みをくつがえす強力な反論さえもできない。だいいち、今からでは遅すぎる。

反論するならナオミが言った直後にするべきだったのだ。今から何を言ってももう遅い。

「ジェイクを待っていることもなさそうね」ナオミの陽気な声がした。「二人でぜひホテルにいらして。一緒にお食事しましょうよ。ジェイクは……」

「ジェイクは、なんだい？」

突然ジェイクの声がして、ロージーの胃は反射的に引きつった。困惑しきっていて、彼が戻ってきたことさえ気づかなかった。

ナオミも気づかなかったようだった。彼女はくるりと振り向くと、ジェイクに笑いかけながら大きな声を出した。「ジェイク！　戻ってきたのね。ちっとも気がつかなかったわ。ロージーに、二人でホテルに来てわたしたちと食事しなくちゃって言っていたの。実は、リッチーと子供たちが押しかけてくるわよってあなたに注意しに寄ったのよ」

癖というより本能的な動作で、ロージーはキッチンの大きな食器棚の陰に引っ込んだ。このまま消え去れるものなら消えてしまいたい。

「どうしてロージーのこと、教えてくれなかったの？」ナオミがからかうように問いつめるのが聞こえた。「昨日までちっとも知らなかったわ。あなたたち二人が……」

ロージーは思わず違うと叫びかけてかろうじて声を押し殺したと思ったが、ジェイクには聞こえたらしい。彼は顔を上げ、まっすぐロージーを見つめた。

今朝の彼の瞳はいつもと違って見える。灰色というより銀色で、初めて見る温かさに輝いている。きっと、ナオミに向けられたものだわ。彼の瞳に温かさをもたらしたのが、わたしのはずがない。昨夜の出来事を思い出し、ロージーの胃はまたしても不快にねじれた。

どうして、こんなとんでもないことに巻き込まれてしまったのだろう？　両親が外国に行っていてよかった。うまくいけば、二人が戻るころにはゴシップも消えているだろう。しかし、クリシーは噂《うわさ》を耳にするに違いない。そうだわ、クリシー！　姉になんと言って説明しよう？

〝いったいどうなってるの？　どうして、ジェイク・ルーカスとつき合っていることをわたしに内緒にしていたのよ〟クリシーはそう言うに決まっている。わたしが秘密にしていたことで、顔には出さなくても姉は内心傷つくに違いない。

だが、とても本当のことは言えなかった。自制心も自尊心も忘れて振る舞ったなどと、実の姉にも打ち明けるわけにはいかない。

ティーンエイジャーだったわたしに、男の子というのは自尊心のない女の子を軽く見るのよ、と厳しいことを言ったのはクリシーだ。古い考え方だが、クリシーはきっと今でも同じ考えだろう。

姉にはいったいなんと言って説明すればいいのだろう？　ロージーは次第に混乱してきた。パニックに襲われそうだ。ヘレン・ステディングに訴えるのもいいかもしれない。〝どうか、今のことは見なかったことにしてください。聞かなかったことにしてください〟と。もしかしたら……。

「ぼくたちはまだ誰にも言ってないんだ。ね、ダーリン？　公式にはね」

ロージーが必死に考えを巡らせていると、相づちを求めるジェイクの声がした。彼は声と同様優しい笑みを浮かべながら近づいてくる。

「勝手だと思ったけど、互いの気持をもう少し自分たちだけのものにしておきたかったんだ。まだロージーの家族にも話していないし……」

ナオミはその言葉に飛びついた。興奮して両手を握り締める。

「まあ、ジェイク！　それじゃあ、あなたとロージーは……？　いつ結婚するつもり？　わたしたちがこっちにいるあいだに結婚する？　うちの子たちがもうちょっと小さかったら、花嫁のつき添いのページボーイになれたのに……。残念だわ」

　ロージーは喉の奥で押し殺したような声をたてた。ジェイクは目の前に立っている。だからほかの二人には見えなくても、わたしたちは互いの顔が見える。彼にはわたしの目に浮かんだパニックや、うしろめたさが読み取れたに違いない。

　どうしてジェイクは昨夜、わたしをこの家に連れ帰る必要があったのだろう。まっすぐわたしの家まで送り届けてくれさえしたら、こんなことにはならなかったのに。

「婚約発表のパーティーは開く？　それとも……」

ナオミの声がした。

ジェイクはくるりと向きを変えた。「それは、ロージーが決めることさ」すらすらと答える彼の声が聞こえた。「結婚式に関しては……」

　そこで彼は、もう一度ロージーのほうを振り返った。真剣そのものといったまなざしで手を差し伸べ、彼女の顔にそっと優しく触れる。ロージーは言葉もなく彼を見返すだけだった。

「当然、ロージーはご両親が戻ってくるまで待ちたいと思っているさ。そうだろう、いとしい人《マイ・ラブ》？」

　マイ・ラブですって？　ロージーは喉につかえた固まりをのみ込んだ。ジェイクはいったいなんということを……言っているのだろう？　ひと言ごとに、わたしにとってだけでなく二人にとって事態を百倍も千倍も悪くしているのがわからないのだろうか。

最初は、わたしが彼の家にいる理由をうまくカバーしてくれてありがたいと思った。でも、いくらなんでもここまで言うなんて言いすぎだ。

　わたしが自制心をなくしたばっかりに彼と愛撫を

かわしたこと――それが、下品で性的な触れ合いにすぎなかったという事実を隠すのはいい。わたしを……二人の評判を守るために。だが今ジェイクが言ったように、二人が将来の計画を練っているかのように、婚約同然だとほのめかすなんて行きすぎだ。

ところがそれこそが、まさにジェイクのしたことなのだ。ロージーの耳に、ナオミが興奮して尋ねる声が聞こえた。「指輪はもう選んだの？」それからヘレン・ステディングに言う。「なんてすてきなニュースなんでしょう。わくわくするわ」

嘘よ、みんな嘘なの。そうロージーは二人に言いたかった。けれどそんな彼女の思いを察したのか、ロージーの口を封じるように、ジェイクは彼女の唇に軽く親指を走らせた。

それはロージーの口を封じるどころか、彼女にははるかに大きな衝撃を与えた。緊張とストレスで張りつめていた五感は、ジェイクの軽い愛撫に即座に反応した。官能が目覚め、全身で彼を意識する。昨日の夜、彼が体に触れ、キスしたときどんな気持だったかを思い出す。自制心が崩れかけ、自分でも震え出したのがわかった。不意にロージーはどうしようもない怒りでいっぱいになった。自分に対して、ジェイクに対して、腹が立ってたまらない。彼に官能をかき立てられるなんて恥ずかしい。彼もわたしの反応に気づいているに違いないと思うと屈辱を感じる。

昨夜のことは気が動転していなければ起きなかったわ。あんなにワインを飲まなかったら起きなかったはずよ。今朝目が覚めてからというもの、そう自分に言い聞かせていた。いつもはアルコールを口にしない人間が、あんなに飲んだからいけないのだ。それが昨夜の自分の振る舞いに対する言い訳になっていた。ところが今、ジェイクに軽く触れられただけでその言い訳はきかなくなってしまった。彼の肉体的な魅力に逆らえない。しらふでも彼の愛撫に反応するとわかってしまった。

「わたしたち、もう失礼します」ヘレン・ステディングが言っている。

ナオミは最後にロージーをさっと抱き締めて言った。「おめでとう。とてもうれしいわ」

ジェイクはヘレンとナオミを戸口まで送っていった。

ジェイクが二人を見送りに行っているあいだ、ロージーはひとり自分に言い聞かせた。ナオミがいけないんじゃないわ。ワインを三杯も飲んだのはナオミじゃないし、ジェイクにすべてを打ち明けたのも、彼にしがみついて歓《よろこ》びの声をあげたのも彼女ではない。このわたしなのよ。今でも、自分のあげた歓びの声が耳について離れない。

しかし今朝ここに、ヘレン・ステディングまで連れて現れたのはナオミだ。もし二人が現れさえしなかったら……。ジェイクの家で一夜を過ごしたことを誰にも知られずにすんだかもしれないのに。

たしかに、パーティーでちょっとしたハプニングはあった。けれど、今の出来事に比べたらあのとき感じた危惧《きぐ》など取るに足りない。

ジェイクがキッチンに戻ってくると、ロージーはさっきと同じところに立ったままだった。彼女の表情を見て、彼は思わずロージーを抱き締めたくなった。すべてうまくいくよ、となぐさめたくてたまらなくなった。だが、彼は落ち着いて尋ねただけだった。「コーヒーを飲むかい?」

コーヒーですって? ロージーはまじまじと彼を見返した。二人は婚約同然だなんて出まかせを口にしたあとで、よくもぬけぬけときけたものだわ。怒りが込み上げてきて、ロージーの自制心は吹き飛んだ。

「いったい、なんていうことをしてくれたの」彼女は震える声で問いつめた。「あの人たちに、わたしとあなたが……わたしたちが婚約寸前だと思わせるなんて……。自分のしたことがわかっているの？」

自分でも、声がヒステリックに甲高くなるのがわかった。

これではいけない。ロージーは不意に口をつぐんだ。自制心をなくさないようにしなくては。パニックに襲われ緊張感が増し、感情がどれほど傷つきやすくなっているかますます意識する。

「ほかにどうしようがあったっていうんだ」ジェイクは落ち着いて言葉を返した。「ヘレン・ステディングに、きみとぼくがこっそり情事を重ねていると思わせておくほうがよかったとでもいうのかい？本当に、そんな噂を立てられたかったのかい？」

「わたしがどんな噂を立てられようと、どうしてあなたが気にするの？　あなたは男ですもの。女性と関係を持ったからといって、あなたを悪く言う人は誰もいないわ」ロージーはこわばった声を出した。

「ぼくは気にするね」

ジェイクがあまりに強い口調で言いきったので、ロージーは彼の顔をまじまじと見つめ返した。彼の瞳はさきほどの温かさを秘めた銀色の輝きをなくし、いつもの冷たい灰色に戻っている。

「ぼくは、征服した女性の数を自慢するような男じゃない。きみと同じくらい、ぼくだって自分の評判を大切にしている。女性関係にだらしないなんて思われたくないのはぼくも同じだ。ぼくたちの関係をあれこれ陰で噂されるなんてきみだっていやだろうが、ぼくだって真っ平だ」

ロージーは、ジェイクの言葉に耳を傾けるうちに体が震え出した。彼はわたしのことをどうしてこんなによく理解しているのだろう。どうしてわたしの考え方や反応がわかるのだろう。昨夜のわたしの振る舞いは、彼が今言ったこととはまるで正反対の印象を与えたはずなのに。

「でも、わたしたちが婚約している……結婚の日取りを話し合っていると思わせるなんて……」

ジェイクは彼女に背を向け、コーヒーメーカーのフィルターを外した。口を開いたとき、彼の声はかすかにくぐもっていた。「婚約はいつだって解消できる……自然消滅の認められる関係さ」

関係ですって？

「わたしたちは、なんの関係も持っていないわ」ロージーは必死に言い張ったが、振り向いたジェイクの顔を見て、髪の生え際まで真っ赤になった。

彼に言われるまでもない。昨夜は、わたしのほうから彼に身を投げ出していったのだ。これまで、ほかの誰ともわかち合いたいと思わなかったような親密な愛撫を、こちらから誘いかけたのだ。

「わたしたち、そんなことできないわ……わたしはできない」ロージーはすっかり動転していた。

緊張のあまり体がぶるぶる震え出し、彼女はジェイクに背を向けた。

理性は、今こそ彼と話し合って、この事態をうまく収拾するいい方法を見つけるべきよと告げている。だが感情的には、とてもそんなことはできないとわかっている。

家に帰りたい。ひとりになりたい。自分を守る壁を築き上げ、完全無欠だ安全だと感じるまでは人ものものすべてを締め出したい。

しかしこの家にジェイクといては、そんなことはとても無理だ。彼自身はその気がなくても、ジェイクはわたしを傷つけ、いらだたせる。彼を見るたびに昨夜のことを思い出してしまう。彼の肌のにおいや、わたしの肌に触れた彼の手の感触を思い出してしまう。

「うちに帰りたいのよ」

これでは一人前の大人というより、おびえた子供がぐずっているようだわ。ロージーはこわばった声で言いながら、内心苦々しく思った。

「電話をお借りできたら、タクシーを呼びます」

そう、このほうがはるかにいい。ずっと積極的だし、大人の態度だ。いつもわたしが世間に見せている顔に近い。もうひとりのわたし――傷つきやすくおびえた自分は、他人に見せないようにしてきた。それなのに、昨夜はそんなわたしをジェイクに見られてしまった。誰にも知られないようにしていたもうひとりのわたしをジェイクは今では知っている。その秘密を取り返したい、ジェイクの記憶を消し去りたい。

「呼ばなくてもいい。ぼくが送っていくよ」

「いいの」

ロージーの口をついて出た言葉は鋭く、その声の響きには狼狽《ろうばい》が感じられた。

「わたし……自分の車を拾っていかないと」

「その必要はないよ。ぼくが今朝拾って、きみの家に戻しておいた」

「あなたが……？　でも……誰かに見られなかった？」彼女はあせって尋ねた。

「今さら心配しても遅いよ、ロージー。もうあとの祭りさ」ジェイクは苦笑いを浮かべながら言った。

7

ロージーは過去の体験から学んでいた。自分の手に負えない思いや状況を扱ういちばんの方法はそれらをすべて消し去ることだ。何も起こらなかったふりをするのではなく、何かが起こったということさえ認めないようにするのだ。今度もそうするしかない。なかなかうまくはいかないけれど、努力するだけはしよう。オフィスの机に山と積まれた書類を前にロージーは思った。だがどんなに考えまいとしても、ついジェイクのことを考えてしまう。

最後に彼に会ったのはおよそ二十四時間前だ。彼に家まで車で送ってもらい、礼儀正しく戸口まで送り届けてもらってからまる一日たった。ジェイクが

わたしたちがカップルだと公言してから、すでに二十四時間以上たっている。

受話器を取るのが怖くて、電話が鳴るたびにロージーは緊張した。しかしかかってきたのは、どれも仕事の電話ばかりだった。

昨夜は一睡もできなかった。目を閉じるとジェイクのことを考えてしまうのではないか、ジェイクとのことを思い出してしまうのではないかと恐ろしかった。でも、何を思い出すというの？　ほんの数分間、われを忘れ愚かな振る舞いをした……ただそれだけなのに。あんなことをしたのは緊張しすぎたから、お酒を飲みすぎたからよ。ロージーは何度も何度も、そう自分に言い聞かせようとした。けれど、一度あんなふうに……奔放に振る舞ったら、また同じことをしてしまわないとも限らない。そう考えると自分が恥ずかしくて、やりきれない思いでいっぱいになる。

また同じことをするですって？　そんな……。わたしは決してそんなことはしないわ。まさか……。ロージーはあまり混乱していて電話のベルが鳴っていることさえ気づかなかった。うわの空で受話器を取り上げたが、相手がイアン・デービスと気づき必死で驚きを隠す。

「きみの契約案と見積もりを検討させてもらったが、たいしたものだ。感心したよ。もう一度会って話をつめたいが、どうだろう？」

ロージーは素早く手帳を開き、おっしゃる日にちでけっこうですと答えた。

「それはそうと、今度、一緒に食事をしようじゃないか。きみとジェイクと、家内のアンとぼくの四人でね」

イアン・デービスは、わたしとジェイクが婚約したらしいという噂《うわさ》を聞いて、わたしと代理店契約を結ぶ気になったのかしら？　電話を切ったあとロージーは腹立たしい気持で考えた。

わたしがジェイクの〝フィアンセ〟でなく、ジェイクと関係しているらしいという噂だったら彼はどんな対応をしたかしら？

女だからという理由で、私生活面で仕事の能力が判断されるなんてまったく間違っている。でも、わたしとジェイクの名前が結びつけられた瞬間から、そうした態度をとる地元の人が出てくることは予想がついたじゃないの。ロージーは苦々しい思いでひとりつぶやいた。

イアン・デービスに、あなたとは契約を結びたくありませんと言ってやればよかった。彼女は電話を見つめながら思った。彼の古くさい考え方には、女性としてのプライドが傷つき、本当に腹が立つ。だが父親から受け継いだ代理店をスムーズに経営していくつもりなら、そんな感情的な行動に走ったりしてはいけない。わたしに、そんなぜいたくは許されない。

男だったら、プライドを傷つけられたぐらいで仕事のチャンスをつぶしたりしないだろう。でも、そもそもわたしが男だったら今のイアン・デービスのような、どこか人を見下すような態度をとられることもなかったはずだ。わたしは自分自身の実力で評価されたい。誰かほかの……鋭いビジネス感覚を備えた男性の威光で判断などされたくない。

ロージーが、イアン・デービスのような男性すべての理不尽な態度に激怒していると、突然クリシーがオフィスへ飛び込んできた。

「ロージー、ひどいじゃないの」彼女は開口一番苦々しげに言い放った。ロージーは挨拶《あいさつ》する暇も与えられず、週末の様子をきくことすらできなかった。

「あなたのおかげで、わたしの立場がないわ。今朝、サラ・ルイスが電話で教えてくれたんだけど、最初、彼女がなんの話をしているのかちっともわからなかったのよ。もちろん、彼女はすぐにわたしが何も知らないってことに気づいたわ。きっと彼女は……これで、町中にあなたとジェイクが……」

ロージーはその場に凍りついた。

「ジェイクとわたしがどうだっていうの？」彼女はクリシーの言葉をさえぎった。

クリシーは、わたしとジェイクが一夜を過ごしたと聞いたのだろうか？　みんなはわたしとジェイクの噂をしているのだろうか？　二人の関係が明るみに出るまでに、わたしたちがどれくらい長く密会を重ねていたのだろうと、あれこれ想像しているのだろうか？　わたしと関係を持ったからといって、ジェイクを責める者は誰もいないだろう。みんなにとやかく言われるのはすべてこのわたしに決まっている。ロージーはみじめな思いをかみ締めた。

クリシーは怒りで頬を真っ赤に染めたまま、相変わらずロージーをにらみつけている。姉の話をさえぎり黙らせるなんて、めったにないことだ。しかし、姉も長くは黙っていないだろう。そう思うとロージーは心が沈んだ。

「もちろん、あなたとジェイクが結婚を考えているっていう話に決まっているじゃない。ほかにどんな話があるっていうの？」クリシーの手厳しい返事が返ってきた。

ロージーはほっとしたあまり、しばらく何も考えられなかった。だがやがて、自分の感じた安堵《あんど》が何を意味するか、その恥ずべき意味に気がついた。わたしだって田舎町らしい価値観を身につけて育った人間だ。だから噂されるなら、みんなに事実を知られるよりジェイクのでっち上げた嘘《うそ》の陰に隠れているほうがましだと思ったのだ。でも、わたしは本当にそんな偽善者だったのだろうか？

もし、自分ひとりのことを考えていればいいのであれば、そんなふうには思わなかったかもしれない。けれど、クリシーや彼女の家族がいるのだ。クリシーの子供たちは親戚《しんせき》のことでちょっとした悪い噂を立てられても傷つきやすい年ごろだ。それに、両親や仕事のこともある。

「いったいどうして、わたしに何も言ってくれなかったのよ」クリシーは息巻いている。「本当にロージーったら理解に苦しむわ。あなたたち、秘密の情事にふけっていたわけじゃないんでしょう？もしそうだったのなら、あなたが隠したがるのもわかるけど」

ロージーは一瞬ひるんだ。歯に衣《きぬ》を着せない姉の言葉をさえぎれたらいいのに。クリシーはわたしにどんな思いをさせているか、まったく気づいていないのだ。姉にわかるはずもないが。

「あなたのおかげで、わたしがどんなに間抜けに思われたかわかる？　自分の妹が婚約寸前だっていうのに、姉のわたしが何も知らないなんて……。サラには、あなたとジェイクが結婚式をいつにするかまだはっきり決めていないからみんなには黙っていることにしたのよって言ったけど、きっと彼女には嘘だってわかったわ。ロージーったら……どうしてわたしに話してくれなかったの？　婚約どころか、わたし、あなたがジェイクと会っていることさえ知らなかったわ。それなのに、家に帰ってきたらほかのみんなは知っていて、知らないのはわたしだけだったなんて。ジェイクのいとこの奥さんたら〝男の子二人がページボーイには大きすぎて残念だわ〟とか〝オーストラリアとこちらでは季節が違うから新しい式服を買わなくちゃ〟とかずっと言ってたそうよ。本当にロージー、あなたって人がわからないわ。わたしに打ち明ける前に他人も同然の人に話すなんてどういうこと？　それも、父さんや母さんたちがいないときだっていうのに」

クリシーは怒っていた。だがその怒りの陰では心底動転し、今にも泣き出さんばかりになっている。それに気づいてロージーは愕然《がくぜん》とした。妊娠初期の姉を動揺させてしまったことが申し訳なくて、ロージーは姉をなぐさめようと最初に思いついたことを口にした。

「婚約するってまだはっきりしたわけじゃないのよ。話がおおげさに伝わっているんだわ。はっきりしていたらお姉さんに話していたわよ」

「まだはっきりしていないですって？　それはどういうこと？」クリシーは難しい顔をしてさえぎった。

ロージーは姉の顔を見たとたん、なだめるつもりで言った今の言葉がかえって逆効果だったことに気づいた。それどころか、クリシーは前にもまして怒っている。

「ロージー、あなた、ジェイクと一夜を過ごしたんでしょう？　そう聞いたわ。もちろん、あなたは大人だし、ちゃんと自分のことは自分で決められる年よ。だけど、アリソンも感じやすい年ごろだし、あなたを見習おうなんて気を起こされでもしたら大変だわ。人からあなたの婚約のニュースを聞くだけでもひどいことなのに、もしあなたが言おうとしていることが……その……」

突然ロージーは我慢できなくなった。もうたくさんだわ。

「なんだっていうの？　ジェイクとわたしが愛をかわした……ベッドを共にしたからって、どうしていけないの？　お姉さんの言うとおり、わたしたちは大人よ。わたしはあなたの妹で、娘じゃないわ。町の人は、自分に無関係な噂をするくらいしかすることがないのかしら。ジェイクとわたしだけの問題じゃないの」

クリシーが怒りのあまり息をのむのが聞こえたが、ロージーは無視した。これまで心の内にため込んできた緊張感や恐れ、みじめさなどがいっせいにわき上がってきて、抑えようとしても抑えられない。

「わたしのすることをどうしていちいちお姉さんに言わなくちゃいけないのよ。お姉さんだってわたしに、避妊していないから妊娠するかもしれないなんて話したことがあった？」

怒ったクリシーのあえぎ声を耳にして、さすがにロージーもわれに返った。急激に燃え上がった怒りは、燃え上がったときと同様、急激に冷めていった。あとには、みぞおちに鉛のような重苦しさと手足の震え、そして姉に対してフェアでも優しくもなかったというみじめな思いが残った。

クリシーもそう思ったらしい。怒りに燃えていた赤い顔が、今は青ざめている。

「今のあなたには、何を話しても無駄のようね」クリシーはそう言い捨ててドアに向かった。彼女は途中で立ち止まり、振り返って堅苦しい口調で謝った。

「立ち入ったことをきいたりしてごめんなさい」

ロージーが引き止めて謝ろうと口を開く間もなく、クリシーは姿を消していた。

突然オフィスに現れ、いったいどうなっているのかと説明を求める権利はクリシーにはない。しかし、みんなが知っていることを自分ひとりだけ知らされなかったとわかって傷ついたのだとしたら、それも無理はない。

だからといって、姉に本当のことを打ち明けるわけにはいかない。アリソンに悪い影響を与えるなどとなじられたあとではとても話せない。

だいいち、クリシーの非難そのものが不当だ。しかし思いがけなく妊娠したせいで、姉は神経が過敏になっている。普段よりはるかに感情的になっているのだ。

妊娠するとそうなる女性がいる。妊娠初期は特にそうだ。ロージーは自分が妊娠したときのことを思い出した。あのときどんな気分だったか……どんなふうに……。

ロージーは固くこぶしを握り締め、目を閉じた。そんなことまで思い出さなくてもみじめな思いはいやというほど抱えているじゃないの。

なんとかしてクリシーをなだめる方法を見つけなければ。でも、いったいどうすればいいのだろう? クリシーが先頭に立って、ありもしない婚約や結婚の計画を取り仕切りでもしたら大変だ。それだけはなんとしても避けたい。姉のことだ、わたしとジェイクを無理矢理結婚させかねない。両親が外国に行っていて本当によかった。二人とも戻ってくるのは数カ月先の予定だ。いくらクリシーでも、両親のいないあいだに結婚式をあげるようにとは言わないだろう。両親が戻るころまでには、ジェイクが言ったとおり、わたしたちの関係も自然に消えているだろう。

そもそも、ジェイクがわたしとの関係をわざわざ皆の前で口にしたりしなければこんな大騒ぎにはならなかった。問題をこれ以上大きくせずに、クリシーの気持をなだめるいい方法はないものだろうか。ロージーはオフィスの中を行ったり来たりしながら、いまいましげにつぶやいた。運命を決めたあの三杯のワイン。あのワインさえ飲まなかったら……。彼女は怒ったようにさっと向きを変え、うつろな目で窓の外を見つめた。

わたしも悪かったけれど、ジェイクだって同じくらいいけなかったのよ。ロージーはかたくなに自分に言い聞かせた。彼のほうがずっといけないわ。だって、最初にこの茶番劇を始めたのは彼なのだもの……。

彼が口にしたひと言ふた言……そしてキス。それだけならうまく説明がついたはずよ。でも、月曜の朝早く、前の日と同じドレスを着たわたしが彼の家にいたこと――それに対して納得のいく説明はひとつしかない。みんなが信じたがる説明はひとつだけだわ。

とにかく、クリシーと仲直りする方法を見つけなくては。眉をひそめながらロージーは思った。姉と仲たがいしたままでいるのはいやだ。クリシーは、表面は威張って姉さん風を吹かせているが、本当にわたしを愛してくれているし、今回のことでは傷ついてもいる。

ロージーは受話器を取り上げ、姉の家の電話番号をダイヤルした。だが、誰も出る様子がない。ロージーは小さくため息をついた。

今晩、姉のところまで出かけていくしかなさそうだわ。それまでに、クリシーに納得してもらえるような言い訳を考えておかなくては。

一時間たっても、相変わらずロージーは仕事に集中できなかった。今日中に仕事を片づけるつもりなら、お昼を抜かないと間に合いそうにない。そのとき、メモになぐり書きしたイアン・デービスの名前がふと目にとまった。彼と会う約束を取りつけ、彼に契約を結ぶと言われたらどんなにうれしいかと思っていたあのときから、本当にまだ何日かしかたっていないのだろうか？

今だって、わたし自身の実力を評価されて仕事を任されたのなら大喜びしたはずだ。

突然電話のベルが鳴り、そんな物思いは破られた。受話器を取ってジェイクの声を聞いたとたん、ロージーは凍りついた。

「今、家からかけているんだ。話があるんだが、ちょっと来てもらえないかな」

「今すぐ？」ロージーは怒って尋ねた。心臓が早鐘を打ち、急に頭がくらくらして気分が悪くなる。今、誰よりも会いたくない人物。しかしそんな思いを悟られないように、うまく断る理由を考え出さなくては。ロージーが頭を働かせていると、落ち着いたジェイクの声が聞こえた。

「ああ、できたらね。重要なことなんだ……」

重要なことってなんなの？　ロージーはききたかったが、ジェイクは受話器を置いたあとだった。彼は当然、ロージーが来るものと思ったらしい。

オフィスを出て受付に向かう。受付で働いているジェーンが好奇の目で見ているような気がして仕方がない。意識しすぎかしら？

「わたし……ちょっと出かけてくるわ」ロージーは彼女に言ったが、子供が嘘をつくときのように、やましさで顔が真っ赤になるのがわかった。

ロージーの目に真っ先にとまったのは、ジェイクの家の前にとまっているクリシーの車だった。姉の車をしばらくじっと見つめ、それから気の進まぬままに車を降りた。心は沈んでいる。

ジェイクはロージーを待ちかねていたらしい。彼女が車をロックするのとほとんど同時に、玄関のドアを開けて近づいてきた。

彼は濃いグレーのスーツに真っ白な綿のシャツを着て、渋い絹のネクタイを締めている。わたしを抱き締めて口づけし、愛撫《あいぶ》した男性……わたしの体を痛いほど燃え上がらせた人にはとても見えない。この人は昔のジェイク——近づきがたく、厳しくて非難がましい、ずっとわたしの脳裏を去らなかったジェイクその人だ。

不意にパニックと恐怖に襲われ、ロージーはその場に立ちつくした。心の内が無意識に表れた彼女の顔を見て、ジェイクは小声で自分を呪《のろ》った。

あせらずにゆっくりことを運ぼう。運命が思いがけず与えてくれたこのチャンスを利用してロージーとの関係を新しくスタートさせよう。ジェイクはそう心に誓っていた。ロージーがぼくを近づけず、はねつけてきた理由が今ではわかっている。だから、それらを乗り越える方法も見つかるはずだ。そう自分に言い聞かせていた。

ロージーがぼくを嫌う理由がわかったからといって、それで何かが変わるわけではない。ジェイクは頭ではわかっていたが、心では叫んでいた。こんなにも長いあいだ、これほどまでに彼女を愛しているのに、その愛が報われないはずがない。ロージーの体はぼくに反応する。いとこのリッチーでもほかの誰でもなく、このぼくに応《こた》えるのだ。

だがたった今、ロージーの目に浮かんだパニックを見た。彼女は逃げ出したがっている。ジェイクはロージーに手を差し伸べた。彼女の肌は緊張のあまり氷のように冷たくなっている。ジェイクはそのことに強くショックを受けた。

「きみのお姉さんが来ているんだ」

「クリシーが……」

ジェイクが触れたときロージーは一瞬たじろいだが、体を引こうとはしなかった。

「来たときはとても興奮していた。きみたち、けんかをしたらしいね」

　それまでロージーの目に浮かんでいた、呆然《ぼうぜん》として恐怖におびえたような表情は今はもう消えていた。瞳孔《どうこう》も前ほど広がっていない。

　ジェイクに触らせるなんて……腕を取らせるなんて……。いちばんしてはいけない危険なことなのに。いったいどうして、わたしはそのままにさせているの？　ロージーはみじめな気持で思い巡らした。それは、腕を取っている彼の手が温かく心なごむからというだけではない。心なごむ……高鳴る胸の鼓動が告げているのは、そんなものではない。

「寒いんだね。中に入ろう」

　ロージーは何も考えられないまま、おだやかに中に誘うジェイクに従った。

　居間の入口で、暖炉の前の大きなソファに思わず目が行ってしまい、ロージーは身をこわばらせた。

　ジェイクはそんな彼女の様子に気づいたとしても、そぶりにも見せなかった。彼は何事もなかったかのようにクリシーにほほえみかけていた。姉は、暖炉のかたわらの椅子に、張りつめた神経質な表情を浮かべて座っている。

「ロージー……ごめんなさいね……さっきは悪いことをしたわ」ロージーが口を切るより先に、クリシーが話し始めた。「ジェイクは……ジェイクが、今度のことを説明してくれたの。マリーナの株を売る話が決まるまで二人のことは内緒にしておいてほしいと彼が頼んだんですってね。あなたは話したがっていて、先週末に話すつもりでいたって聞いたわ」

　クリシーは顔をしかめた。「先々週の金曜は、わたしが子供ができたことを突然べらべらしゃべり出してしまって、あなたに口をはさむすきを与えなかったんですものね。今朝は大騒ぎしすぎたみたい。あなたが、こんな大ニュースをわざと隠したりするはずがないのに。ただ……人から聞いたりして、すごく傷ついたものだから……」

「お姉さんの気持はわかるわ」ロージーは悪いことをしたと思いながら言った。胃が引きつるような痛みは薄れ始めていた。クリシーの気持がずっと落ち着いたのもジェイクのおかげだ。彼が、二人の〝ニュース〟を隠した責めを負ってくれたからだ。

「あなたのこと、喜んでいるのよ……もちろん」クリシーは続けた。「それに、日曜日の出来事から二人の関係を公にしなくてはとあなたたちが思ったわけもわかるわ。ジェイクの言うとおり、世間の人に、こそこそ情事を重ねているなんて思われるのはいちばんいやですものね」

クリシーは立ち上がってロージーに歩み寄ると、ぎゅっと抱き締めた。

「ごめんなさいね、ロージー。今朝はひどいことを言ってしまったわ。あなたたち、とんでもないことをしてくれたわねと文句を言おうと思って、ジェイクのところに来たのよ。そうしたら彼が、ことをやっかいにしているのはわたしだ、わたしがあなたに打ち明けにくくしているんだってわからせてくれたの」

ロージーは何も言わなかった。言えなかった。クリシーのひと言ひと言が罪の意識を十倍にもふくらませる。

ロージーの手を取り、そばに引き寄せ、ウエストに手をまわしたのはジェイクだった。温かい彼の体にぴったりと引き寄せられ、突然鋭い感覚がロージーの体を突き抜けた。

「ぼくたち、気にしていないよね？　そうだろう、ダーリン？」

ジェイクはそう言いながら、片手で彼女の顔にかかった髪を優しく払った。肌に触れる彼の手の感触に、ロージーは背筋がぞくぞくし、唇まではれてくるような気がした。この前、彼にキスされたときもちょうどこんな気持だった。

ジェイクはわたしの唇を見つめている。じっと唇を見つめて……顔を近づけてくる。まるで……。まさか、ジェイクは本当にキスするつもり？　クリシーが見ている前で？　二人とも、これが芝居だとじゅうじゅう承知しているのに？

「ロージー……」

ジェイクの温かい息が感じやすくなった肌にかかり、ロージーの唇は震えた。すでに彼女はまぶたを閉じてジェイクと向かい合う形になっていて、両手を彼の胸元に当てていた。

ジェイクは優しく、ゆっくりと時間をかけてキスをする。体中を駆け巡る欲求は痛いほどだ。その激しさに、ロージーはクリシーがその場にいることさえ一瞬忘れた。彼にしがみついてキスを返したい、情熱に燃える彼の唇を感じたい、彼の体を感じたい……それしか頭になかった。

ロージーは危険きわまりない白日夢から、ふとわれに返った。うしろめたくて、顔は真っ赤だった。幸い、ジェイクは彼女を放し向きを変えたところだったのでロージーの顔を見ていなかった。だが、クリシーは見ていた。互いの顔を見つめ合って、ロージーは姉の瞳に浮かんだメッセージを読み取った。

クリシーには、わたしがジェイクを愛しているのがわかったのだ。ジェイクを愛しているですって？　そんなばかな！　ショックが全身にゆっくりしみ渡り、一瞬体を麻痺《まひ》させたあと薄れていく。そのあとを追うように、焼けつくようなパニックが襲ってきた。

「さあ、わたしはそろそろ失礼するわ」クリシーが言うのが聞こえた。ロージーはとっさに姉についていこうとして、ジェイクに引き止められた。

「ぼくがお見送りしますよ」彼はクリシーに言った。

「大騒ぎしてごめんなさいね」クリシーは謝りながら、もう一度ロージーを抱き締めた。「おなかの子供のおかげで、ホルモンのバランスがおかしくなっているのね、きっと。でも……」彼女はジェイクにいたずらっぽく笑いかけた。「あなたとロージーが急げば、この子にも仲間ができるわ」

ロージーは帰りたかった。今すぐに、この家をあとにしたい。どこかひとりになれるところへ行きたい。ひそかに心の痛みに向き合えるところ、今の気持を誰にも知られず、疑われないようにひっそり閉じこもれるところへ行きたい。

ジェイクに恋をするなんてどうしてそんなことがあり得るのだろう？　ロージーは車までクリシーを送っていくジェイクのうしろ姿を見つめながら、なすすべもなく自問した。姉のあとを追っていくわけにはいかない。

わたしとジェイクは愛し合っていることになっている。わたしは恋をしているのだ……恋する女性なら、恋人と二人きりになるチャンスをふいにして、あわてて帰っていくはずがない。まして、ジェイクがあんなキスをしたあとで……。クリシーはジェイクがわたしにキスするのを見て、わたしに対する欲望の控えめな表現と取ったのは明らかだ。

でも、わたしはジェイクに欲望を抱いてほしくなかった。彼に触ってほしくなかった。キスしてほしくなかった。欲望をかき立ててほしくなかった。彼を愛しているという、この新しい危険に気づかせてほしくなかった。

ジェイクがそばにいるとぴりぴりして神経質になったのも無理はない。心のどこかでは、ずっと以前からわかっていたのではないだろうか……感じ取っていたのではないだろうか？　だから十五年前、ジェイクの態度にあれほど激しい衝撃を受けたのではないだろうか。あの当時、すでに彼に何かを感じていたのではないだろうか。

ロージーの耳に、走り去っていくクリシーの車の音が聞こえた。

ロージーは突然パニックに襲われた。

ジェイクと二人きりになりたくない。

だが、今から逃げ出そうとしても手遅れだ。玄関のドアが開き、また閉まる音がして、ロージーの恐怖はいっそうつのった。

8

「お姉さんにまた子供ができたとは知らなかったよ」

ジェイクが部屋に入ってきたのはわかったが、ロージーは振り返らなかった。わざと振り返らなかったのだ。しかし彼の落ち着き払った声を聞いたとたん、今までのパニックが怒りの炎となって突然燃え上がった。

ジェイクったら、この婚約騒動を落ち着き払ってこともなげに受け止めている。わたしが今度のことでどんな思いをしているか……彼自身がわたしにどんな思いをさせているか、ジェイクにはまったくわかっていないのかしら？

人を拒絶するようなこわばったロージーの背中を見つめるうち、ジェイクの心は沈んだ。彼女はここに残っていたくないのだ。ロージーがどれほど自分のそばから逃げ出したがっているかを思うと傷ついた。しかしジェイクは自分の気持を抑えつけ、ドアを開けて彼女が出ていきやすいようにした。

ロージーの心の中には、鍵《かぎ》のかかった、もっと別の重要なドアがある。それが彼女を閉じ込めているのだ。ジェイクはますます確信を深めた。

ぼくは、ロージーが鍵を見つけ、そのドアを開ける手助けができるかもしれない。こんなふうに思うのは勝手な思い込みだろうか?

ロージーの心にはあまりに多くの苦痛——山のような苦悩と悲哀が閉じ込められている。

リッチーの子供を宿したと口にしたロージーの声には、そうした思いが表れていた。今も、クリシーが子供の話をしたとき、ロージーの目には複雑な思いが浮かんでいた。

ぼくは男だから、女性の気持は想像するしかない。気のきかない不用意な言葉を口にして、ロージーの苦しみを取りのぞくどころか、かえって増加させはしないだろうか。それが怖い。かといって、彼女が苦しんでいるのをこのまま黙って見すごすこともできない。

ロージーの苦しみに誰も気づかないのだろうか? ジェイクは彼女に代わって腹を立てた。まわりの人たちはどこに目をつけているのだろう。ぼくはロージーを愛しているから、それで、彼女の気持にことのほか敏感なのだろうか。それとも、ロージーはほかの誰よりもぼくにはガードをゆるめているということなのだろうか?

ジェイクはぐっと深呼吸した。どんなに優しく問いかけたとしても、子供のことを話し合うのは容易ではないだろう。

「ロージー……。ぼくたちには、どうしても話し合わなくてはいけない問題があるね」

ロージーにはジェイクの声は聞こえていたが、なんの反応も示さなかった。相手を拒否するかのように、背中をいっそうこわばらせただけで振り向こうともしない。そんなロージーの姿を見て、ジェイクは立ち止まり小さく自分を叱《しか》ると、できるだけ優しく話しかけた。手を伸ばしてロージーに触りたい。彼女を抱き締め、守ってあげたい。だが、そんなことをしてはだめだ。

「この前の夜、きみはリッチーの子供を宿したと言ったね……。その子供はどうなったんだい？」

ロージーは突然冷水を浴びせかけられたような強いショックを受け、肌にやけどを負ったような気がした。こんなことをきかれるなんて……。まったく予期も想像もしていなかった。ジェイクは、二人の偽りの婚約について話したがっているのだと思っていたのに。まさか子供の話だなんて……。

いったい何様のつもりなの？ わたしをどうしようというの？ 彼はもう充分すぎるほどわたしを傷つけたじゃないの。傷つけただけでは、まだ充分ではないっていうの？ わたしのいちばん苦痛に満ちたプライベートな部分……わたしの心に探りを入れる権利なんか、彼にはないわ。

怒り、罪悪感、そして苦い思い……。苦痛がロージーの胸を焦がした。

ロージーは荒れ狂う思いと涙とでぎらぎら光る目をして振り返り、息をつまらせながら口走った。

「子供はどうなったと思う？ わたしが殺したのよ……殺してしまったんだわ」

その声ににじむ苦悩を耳にしてジェイクは、頭のてっぺんから足の先まで文字どおり全身の筋肉がこわばるのを感じた。生々しい感情をあらわにしたロージーの様子から、彼女がどんな思いをしているか見て取れたし、感じ取れた。まるで、自分自身がその思いを味わっているような気さえした。

ジェイクは本能的に、ロージーをなぐさめたい、助けたいと思った。彼女が背負っているとてつもない重荷——苦しみと罪の意識を取りのぞいてやりたい。ロージーはあのころほんの子供だった。あまりに無垢《むく》だったことが、彼女のたったひとつの罪だった。それなのに、ロージーは一人前の大人だったかのように自分自身を責めている。

「ロージー、ロージー……自分を責めてはいけないよ。きみが悪いんじゃない。きみはほんの子供だったんだ。子供を堕《おろ》す決心をするのは大変だったろう。だけど……」

ロージーの顔が青ざめ、唇は苦々しく辛辣《しんらつ》な笑みにゆがんだ。

「だから、どうだっていうの？　わたしが正しいことをしたとでも？　あなたなら、たぶんそう考えるでしょうね。いかにも男の人の考えそうなことだわ」

ロージーは笑い出した。その声は次第に甲高くなり、ヒステリックになっていった。ジェイクはその声を聞くうち、心配でたまらなくなった。

「本当は違うのよ。決定を下したのはわたしじゃないわ。命そのもの……運命が……子供自身が決めたのよ。妊娠を知ってから、あなたなんか産みたくないわとわたしがずっと言い続けてきた、その子供が決めたのよ」

ジェイクにはわたしの言っていることがわからないらしいわ。彼の顔を見てロージーは悟った。

「流産したの。たまたま子供を亡くしたのよ。おなかの子にはわかったんだわ。自分が愛されていないって」ロージーは耳ざわりな声で言った。

ジェイクは黙ったまま、ロージーの頬を伝う涙を見つめた。ぼくはなんて鈍い男なんだ。間抜けもいいところだ、洞察力など全然ない。どうして考えてみなかったのだろう、気づかなかったのだろう。ぼくはロージーを愛しているのだ。どういうことだったのか察するべきだった。理解して当然だったのに。ロージーが今、全身からあふれさせているこの苦しみ。彼女はそれを、この十五年間ものあいだずっと胸に秘めていた。もしそうと知っていれば、彼女に手を差し伸べられたのに。援助できたし、そうするべきだった。ロージーを抱き締めることもできたかもしれない。たとえそれが友情の抱擁でしかなかったとしても。

彼女に会いに行ったとき〝影響はなかったのかい？〟などと、いかにも血の通わない言い方をしてしまった。あのときどうしてロージーが嘘《うそ》をついているのではと思わなかったのだろう。彼女は恐れているのだ、人生をめちゃめちゃにしかねない傷にたったひとりで直面しているのだとなぜ思わなかったのだろう。

自分の感情にあれほどとらわれていなかったら……嫉妬《しっと》心や、彼女はリッチーに恋をしているのだという盲目的な偏見に取りつかれていなかったらどうだっただろう？　ぼくは年も上だし、大人だったのだから、ロージーが何か隠している、怖がっているのだと察したのではないだろうか。ロージーが打ち明けて頼れるようにさせる方法を見つけられたのではないだろうか。

そうすればロージーは子供を産めたかもしれない。ぼくは、彼女が何よりも必要としていた援助を、愛のすべてを喜んで与えただろう。チャンスさえあったら、ロージーと結婚して彼女と子供の両方を愛したのに。しかし実際は彼女に背を向け、彼女がひとり苦しむままにしていた……。

「おなかの子は、わたしが欲しがらなかったから死んだのよ。愛を否定することで子供を殺したんだわ。

でも、本当はあの子を愛していたのよ……」

ジェイクはそれ以上耐えられなくなった。

彼は一気にロージーに近づくと、彼女が押しのけようとするのもかまわず腕をまわし、彼女が身動きできないほどきつく抱き締めた。そのまま彼女をあやすように揺らし、話しかけた。「きみが悪いんじゃない。そういうこともあるんだよ。もちろん、きみはその子を愛していたさ。おなかの子だってそれはわかっていたよ」

それから彼は言った。

「責められるとしたら、それはぼくのほうだ」

ロージーは体をこわばらせた。「あなたですって？」

ロージーはすでに泣きやんでいた。しかし、体は相変わらず震えている。力が入らずぐったりして、寒けがする。全身がうつろで消耗しきった感じだ。

そういえば、流産したあとも同じような感じだった。

ロージーはぼうっとした頭でそう思った。それは、今まで満たされていた自分の体に、空っぽの部分ができたような感じだった。流産で生じたその空虚感を悲しんだけれど、解放感やある種の安堵《あんど》感を覚えたこともまた事実だった。

ロージーはジェイクの言葉に気持を集中させようとした。彼のせいだなんて、どうしてそんなことがあり得るだろう。

「きみに会いに行ったとき……あのときぼくは察するべきだった。気づくべきだったんだ……」

「でも、目立つほどおなかは大きくなっていなかったわ。わたしは……」

ジェイクは彼女の言葉にかぶりを振った。

「そういう意味で〝気づく〟と言ったんじゃないよ。ロージー、ぼくが言ったのは……」彼が不意に言葉を切ったので、ロージーは眉をひそめて彼を見た。

「じゃあ、どういう意味だったの？」

「いや、なんでもない。今、ぼくが心配しているのはきみだ。きみが自分を責めてきたこと……苦しんだことだ。ロージー、きみは幼すぎたんだ。まだ子供を産む体ではなかったんだよ」

ロージーはさっとうつむいた。ジェイクは医師や看護師の言った言葉を繰り返しているだけだ。流産した当時は、罪悪感と苦しみのあまり彼らの話に耳を傾けるどころではなかった。しかし今では、彼らもジェイクも正しいのだとわかる。

だからといって、悲しみが薄れるものでもない。しかし、罪悪感や、最近しばしば襲われた激しい怒りとみじめさの入りまじった思いは消えていた。それらが消えたあとには、前よりずっとおだやかな優しい気持が残った。

この変化は、過去の出来事を言葉に出した結果もたらされたものだろうか？　流産によって自分がどんな思いをしたか、それを打ち明けたことによるものだろうか。おなかに子供がいたということを否定するのはよそう。自分の過去に、記憶の中に、子供がいたという事実をきちんと刻みつけておこう。そう考えたからだろうか？

ジェイクの腕は相変わらず体にまわされたままだ。さりげなく体を離そうとしたが、彼の腕はゆるむどころか、いっそう力がこめられた。

ジェイクにこんなふうに抱かれているのはとても気持がいい。彼の温かい体にしっかりと支えられていると、狂ったように打っていた心臓も、彼のおだやかな鼓動に合わせて静まっていく。こんなふうに抱かれることを夢の中で想像していた。男の人のなぐさめとぬくもりが欲しかった。わたしを抱き締め、話を聞いてくれる人がいないだろうかと思ってきた。わたしを理解してくれ、愛してくれる人がいないかと……。

わたしを愛してくれる人ですって？　ロージーは

思わず体を硬くした。ジェイクはわたしを愛してなどいない。同情を寄せてくれているし、わたしに悪いことをしたと思っているのはたしかだけれど、彼はわたしを愛してはいない。

わたしがジェイクの腕の中でぶちまけた感情が十六歳のときのものだとしても、わたしはもう子供でもティーンエイジャーでもない。ひとりの女性、一人前の大人だ。そろそろ過去を忘れるときだ。時計の針を逆戻りさせることも、過去を変えることもできないのだということを受け入れよう。当時の未熟なものの見方や感情に染まったまま、過去を偏見の目で見ていたと認めよう。

ジェイクはリッチーとのことでわたしを責め、軽蔑《けいべつ》しているとずっと信じ込んでいた。だが今では、そんなことはなかったのだとわかっている。罪悪感にさいなまれるあまり、流産に対しても同じように偏った否定的な考え方をしていたのではないだろうか。リッチーの子供を妊娠したことは決して忘れないし、その子を流産したことを悔やむ気持も決してなくならないだろう。けれども、そうした喪失感や苦痛をジェイクとわかち合った今、それらはずっと受け入れやすく、耐えやすくなった。

この十五年間というもの、ジェイクひとりに反感と恨みを集中させてきた。今度は、彼にわたしの心の支え役を押しつけるような過ちを犯してはならない。彼を愛していることに気づいた今、なおさらそんなことをしてはいけない。

この瞬間、ジェイクはわたしに責任を感じている。彼の体はわたしに敏感に反応する。それらを利用しようと思えば、二人は今までとは違った関係になれる。そういうふうに彼もわたしも納得させるのは簡単なことだ。さあ、彼の同情を利用するのよ。ジェイクに、女としてのわたしをもっと意識させるのよ。簡単なことでしょう。心の奥で女の本能がそうささやく。顔を上げて彼を見れば……彼の口元を見つめればいいのよ。

ロージーの体をかすかな震えが走った。なんということかしら！　一度かき立てられると、心も体もなんて強く反応するのだろう。今この瞬間、ジェイクと愛し合いたくてたまらない。今までこんな欲求を感じたことなどなかったのに。これも、過去に最後の封印をするため、過去から完全に自由になるためなのだろうか。それとも彼を愛しているから？　ジェイクにわたしを求めさせるためならどんな些細《ささい》なきっかけも利用しようと心のどこかで思っているからだろうか？

ジェイクを燃え上がらせることはたいして難しくないはずだ。ジェイクはわたしに肉体的に惹《ひ》かれている。わたしを意識して……抱きたいと思っている。

自分でもどうしてわかるのかわからないけれど、そう感じる。本能的にわかる。そして、ジェイクをかき立てる力のある自分が、女として誇らしい。

しかし、そうしたジェイクの欲望をかき立てて利用すれば最後には二人とも傷つくだろう。とりわけわたしのほうが傷つくに違いない。ジェイクは同情と欲望から、わたしは愛と必要に迫られて関係を結ぶことになる。そんな組み合わせのうえに築かれた関係は危険だ。そんな関係を結ぶほどわたしは強くない。

男性と親密な関係を持つのなら、互いの気持がぴったり合ったうえに成り立つ関係でなくては。ジェイクとわたしでは、愛をかわす理由があまりに違いすぎる。それがわかっていて、わたしを抱くようにジェイクをそそのかせば彼をあざむくことになる。

ジェイクはロージーがため息をつくのを聞き、彼女が体を起こすのを感じた。放してほしいと、黙ったまま胸を押してよこす。ジェイクはロージーの望みどおりにした。

「ごめんなさい」ロージーは震える声で謝った。

「いいんだよ。きみが謝ることはない」

ロージーはジェイクの腕を抜け出していた。うしろに下がり、彼に背を向けようとしたとき、そっとささやきかけるジェイクの声がした。

「ロージー……」

「えっ、何？」

彼を見上げた瞬間、ロージーはさっと緊張した。彼がわたしを……わたしの口元を見る目つき。さっきわたしが想像したのとまったく同じだわ。

ロージーは急いできびすを返した。このままここにいたら、ジェイクに身を投げかけ、彼が欲しい、愛していると口走ってしまいそうで怖い。

「わたし……もう、帰らないと……」

ジェイクはロージーの車のところまでついていき、彼女の車が見えなくなるまで見送った。

ロージーが玄関に入ると、電話のベルが鳴っていた。バッグをほうり出して電話に駆け寄る。しかし、相手がジェイクではなくクリシーだとわかったとたん、かすかな失望感が胸をよぎった。

「ロージー……いいアイディアが浮かんだのよ」クリシーはいきなり話し始めた。「あなたたちの婚約パーティー、うちの庭で開いたらどうかしら？　部屋はたくさんあるし、大きなテントを借りたらいいと思うのよ」

婚約パーティーですって？　ロージーの心は沈んだが、クリシーの熱中ぶりを冷ますだけの気力はわいてこなかった。それに、せっかくの姉の和解の申し入れを無視する気にもなれない。

「なかなかいいアイディアね。でも、ジェイクがどんな計画を立てているかはっきりしないから……」

ロージーは罪のない嘘を言って切り抜けようとした。

「パーティーの件はジェイクと話し合ってみるわ」

そうクリシーに約束して、ロージーは電話を切った。

クリシーはあなたのお姉さんじゃないの。ロージーは自分に言い聞かせた。婚約パーティーの計画をあきらめさせる役をジェイクに押しつけるなんて、自分でもひどいと思う。けれど、彼のほうが姉をうまく扱うこつを知っているようだ。クリシーはジェイクを尊敬しているらしく、彼の言うことなら従う。ところが、わたしのことはずっと〝幼い妹〟扱いで、その態度は今も変わらない。

婚約パーティー……。もし、わたしとジェイクが実際に結婚の計画を立てているとしたら……彼が本当にわたしを愛してくれているとしたら……事態はどれほど違っているだろう。想像すまいと思っても、つい、もしもそうであったら……と考えてしまう。

仮定のことばかり考えていてはだめ。ロージーは自分を叱った。仕事のこととか、ほかに考えることは山ほどあるじゃないの。オフィスに戻るには今からでは遅すぎるけれど、家でできる仕事はたくさんあるわ。

ロージーは居間のヒーターのスイッチを入れると祖母の形見のくるみ材の書き物机のふたを開け、さっそく仕事に取りかかった。

九時にロージーはいったん仕事をやめ、簡単な夕食を作った。食事をすませ、あと片づけをしてから、また仕事に戻ろうとした。ようやく夏の空も暮れようとしている。居間のスタンドのスイッチをつけ、窓の前を通りかかったとき、家に向かってくる車が見えた。

あれはジェイクの車だわ！　驚きのあまり、ロージーの心臓は一瞬止まりそうになった。

きっとクリシーが婚約パーティーのことでジェイクにうるさいことを言ったんだわ。ロージーは彼を迎えに出ながらひとりつぶやいた。

彼女はジェイクがベルを鳴らす前に玄関のドアを

開け、脇《わき》によけて彼を通した。

「クリシーが何か……？」

「ロージー、話が……」

二人とも同時に話し出し、同時に口をつぐんだ。

「きみからどうぞ」ジェイクが言った。

ほほえみかける彼の笑顔の温かさ。ロージーは突然、ぬくもりに満ちた貴重な何かにくるまれたような思いを味わった。妖《あや》しいほどの魅力にあふれた未知の経験。そのジェイクの温かいほほえみにつられ、ロージーは思わずにっこりと笑顔を返した。すると彼女への愛と希望で胸がいっぱいになり、ジェイクははっと息をのんだ。

ロージーは急いでジェイクにクリシーの電話の内容を話し、顔をしかめた。「ごめんなさい。パーティーの話を先に進めないために、あなたをだしに使ったの」

「ぼくのほうはナオミがうるさくてね。結婚式の日にちを決めたかどうかしつこくきくものだから、きみにきくようにって言ったんだ」

ロージーは思わず笑ってしまった。

「きみに会いに来た理由は別だけど……」

ジェイクを居間に案内しようとしていたロージーは、彼の言葉にふと足を止めた。

「きみのことが心配だったんだ。午後あんなことがあったあと、きみがひとりでいるかと思うと……」

ジェイクはそんな心配をする自分を恥じているかのようにロージーから顔をそむけ、かすかにくぐもった声で言った。

彼を見つめながら、ロージーは胸がいっぱいになった。なんて思いやりのある人なのだろう。これまでわたしが考えていたのとは、まるで正反対だわ。どうしてもっと早く気づかなかった……わからなかったのかしら。

気づかなかったって、何に？　もちろん、彼を愛していることに。

涙がにじんでくる。これまでさんざんつらい思いに耐えてきて、そのうえ彼への愛に気づくなんて……。あんまりだわ。とても耐えられない。

ロージーは瞳に浮かんだ彼への思いを読み取られまいとして、ジェイクから顔をそむけた。

「まあ……気をつかっていただいて……」

なんてかしこまった、よそよそしい言い方。でも、ジェイクにわたしの本当の気持を悟られてはいけない。悟らせるなんて、そんなことはできない。

「ロージー……子供のことだが……」

ロージーは子供と聞いた瞬間、さっと体をこわばらせた。

「子供のことを悲しんでいいんだよ。きみには嘆き悲しむ権利があるんだ。こんなことを言うのは正しくないのかもしれないし、うまく言えないんだが……。もしきみが誰にも打ち明けられない、身近に打ち明けられる人間がいないというなら、ぼくでよければいつでも話を聞くよ。それを知っておいてほしかったんだ」

続いて起きたことは、ロージーが意図したことでも、仕組んだことでもなかった。まして誘いなどしなかった。ジェイクのほうに向き直ったとき、彼が歩み寄ったに違いない。

「ロージー……」

ジェイクの声の調子に、全身に震えが走った。ロージーは彼を見上げたが、すぐに間違いに気づいた。そんなことをしてはいけなかった。

ジェイクはわたしを欲しがっている。彼の顔を見れば、わたしの口元へゆっくりと下りてくる彼の視線を見れば、ひと目でそれがわかる。

今ならまだ、彼にストップがかけられる。ジェイクから顔をそむけ、うしろに下がればいい。何か言って、二人のあいだに張りつめた緊張感を破ればいいのだ。けれどもロージーは、そのいずれもしなかった。ただジェイクを見つめ、彼の口元にわざと視線を這《は》わせた。わたしの熱くほてった頬を見れば、わたしが何を差し出しているのか、彼にもわかるはずだ。

なんの性急さもぎこちなさも感じられなかった。ただ、ジェイクの腕に抱かれているというときめきを感じるばかりだ。温かな彼の唇がゆっくり近づいてきて重なり、唇を愛撫《あいぶ》する。ジェイクは、わたしが壊れやすい大切なものででもあるかのように、とても気をつけて扱っている。

ロージーはためらいがちに彼にキスを返した。心臓が破裂しそうにどきどきして、最初は自信がなかった。だがジェイクがキスに反応し、〝きみがほしい、必要なんだ〞と切々と訴えるにつれ、ロージーの自信は深まった。彼を求める気持が痛いほどに高まり、今やめないと手遅れになるわという、心の警告の声も吹き飛んだ。

今さらもう手遅れだ。ジェイクがわたしに触れた瞬間に、すべては決まってしまった。今は、心も体も彼を欲している。ジェイクが触れるとロージーの体は愛撫に応《こた》え、激しく震えた。

ジェイクは彼女の唇に、続いて喉元にキスをした。決してせいたり、無理強いしたりせず、温かな両手で優しく、我慢強くロージーの体を愛撫する。しがみついたロージーにはジェイクの体の熱気が伝わり、彼が必死に欲望を抑えようとしているのがわかった。けれど彼の欲望を感じても、ほかの男性の場合と違って、警戒心も嫌悪感もわいてこない。

ジェイクのキスを受けても、閉じたまぶたの裏側にリッチーの面影が浮かんでくることはなかった。だから、それによってジェイクの愛撫の歓《よろこ》びが消され反応できなくなることもなかった。

「目を開けるんだ、ロージー。きみを愛撫するぼくを見てほしい。キスするときは目を開けてぼくを見ていてほしい。きみを愛撫しているのが誰かわかっていてほしいんだ」

ロージーは言われるままに素直に目を開けた。だが、けだるそうなその瞳がジェイクにどんな影響を与えているのか、ロージーは少しも気づいていなかった。

ジェイクは彼女の体に触れる勇気がなくて、両手でロージーの顔を包んだ。彼女の体に触れたら最後どうなるか、自分に自信が持てない!

想像しただけで体が興奮する。なめらかで温かな彼女の肌に手をすべらせ、体の隅々まで唇で愛撫する。ロージーが味わったことのない歓びを教え、彼女を喜ばせたい。女であることを誇りに思わせたい。そう考えただけでたまらない気持になる。

心臓は狂ったように打ち、込み上げる緊張感と熱い思いで、喉が締めつけられるようだ。ジェイクはたまらず、ロージーの喉元に唇を押しつけた。彼女が激しく身を震わせるのがわかり、スタンドの金色の明かりに照らされた胸が、服の上からもはっきりとわかった。

ジェイクの全身はかっと熱くなった。止めることはおろか、自分でも何をしているかわからないうちに、ロージーのウエストに手をすべらせ、胸に顔を近づけていた。胸の先を口に含んで愛撫する。これまで何度となく、こうすることを夢見てきた。

ロージーは激しく身を震わせたものの、ジェイクにしがみついたままだった。あまりに情熱的な彼の愛撫に身も心も奪われて、ほかにどうすることもできなかった。

いったいわたしはどうなってしまったのだろう?ジェイクの熱い唇、ドレスを通してさえわかるその動き。それだけで、嵐《あらし》のような情熱をかき立てられる。痛いほどの欲望がわき起こり、今にも彼の頭をきつく胸に押しつけてしまいそうだ。彼の唇を素肌に感じたくて、自分からじゃまな服をはぎ取ってしまいそうだ。

体中彼に触ってほしい。キスしてほしい。自分でも気づかないうちに思いを口にしていたらしい。ジェイクが顔を上げ、熱烈にささやきかけた。

「本当かい、ロージー？　本当にそうしてほしいのかい？　それなら、こっちにおいで。ぼくがどれくらいきみを愛したがっているか見せてあげよう」

「……」

ジェイクがブラウスのボタンを外し始めたところで、ロージーは急にかぶりを振った。即座に彼は手を止め、ロージーの目を見つめながら彼女の言葉を待った。

「ここではいや……」ロージーは低い声で言い、ジェイクの肩越しに半開きになったドアを見つめて、顔を赤らめた。

今のこの気持を、どう言葉に表せばいいのだろう。自分がどんなふうに感じているか、何を望んでいるのかをジェイクに伝えるのは難しい。彼との経験はリッチーとの場合とはまるで違うだろう。ただ、ジェイクと愛し合うのなら二階の自分のベッドで愛し合いたい。そうすれば、あとでどんな結果になろうと、未来がどうなろうと、自分は求められた、欲望を抱かれたのだという記憶は残る。優しさと歓びを教えてもらった、男と女が体で愛し合うとはどういうことかを知ったという思い出が残る。それらは、過去の汚れた記憶を永遠に消し去ってくれるだろう。

ロージーは自分の気持を、願望を表す言葉を見つけようと必死になった。ジェイクは、そんな彼女の思いを読み取ったらしい。彼は数秒間、真剣な表情で彼女を見つめてから静かに口を開いた。「ああ、ここじゃないほうがいい」

ロージーがドアのほうにぎこちなく歩き始めると、

胸に光が当たった。湿った生地が胸に張りついていて、先端がくっきりと浮き出ているのが見て取れた。ロージーは全身がかっと熱くなるのを感じ、力が抜けてかすかによろめいた。

とっさにジェイクは彼女の腕を支え、体に腕をまわした。

そのまま二人は黙って二階に上がった。

ベッドルームのドアの前でロージーはふと立ち止まり、ためらった。急に疑問がわき起こり、パニックに襲われた。もし、ジェイクが本当はわたしを欲しくなかったらどうしよう？ 彼が、わたしを哀れんで一緒についてきたのだとしたら？ もし、彼が……。

ジェイクを見やると、彼の体は明らかに興奮している。ロージーの頬はほてり、体は興奮した彼の体に反応した。全身に熱い思いが満ち、はた目にもわかるほどの震えに襲われた。

ロージーは次のジェイクの言葉で、彼がその震えを誤解したことに気づいた。

「いいんだよ、ロージー。無理しなくてもいいんだ。ぼくに帰ってほしかったら……」

ロージーが口を開くより先に、彼女の苦悩にあふれたその瞳が思いをあらわにしていた。ジェイクはふと、内臓を引き裂かれでもしたような思いに襲われた。

ぼくは四十近いのだ。ロージーをせき立てたりはするまい。彼女をパニックに陥らせたりはするまい。まず、彼女を助けることだ。彼女の気持をだいいちに考えよう。自分の欲求や愛より、それらを優先させようと決心していた。だがどうすることもできない内心のうずきと憧れに、ロージーが目を見張るのを見たとたん……。

「あなたが見たいの。あなたにわたしを見てほしいの……」ロージーは震える声で言った。

二人の結びつきは、率直でおおらかなものであってほしい。なんの汚れもなく健全な……すべてをわかち合ったものであってほしい。陰でこそこそするのはいやだ。しかしそうした気持をどう説明したらいいのか、ロージーにはわからなかった。

「あなたが見たいのよ」ロージーの大胆な言葉の陰に、ジェイクは過去の恐怖のかすかなこだまを聞きつけた。

かわいそうに。ジェイクはロージーの気持を思い、やり場のない怒りと苦しみに胸を痛めた。だが、自分の思いを打ち明けたら、彼女はプライドを掲げ、自己防衛しようとしてぼくをはねつけるだろう。

「わざわざ見るほどのものじゃないよ。男の体は女性みたいにきれいではないからね……」ジェイクは苦笑いしながらそう言って、彼女の体を見下ろした。ロージーには彼の欲望がよくわかった。自分の心臓も狂ったように打っている。

ジェイクはわたしの体が美しいと言っているのだろうか？　胸のふくらみが、ヒップのカーブが、いかにも女らしい丸みを帯びたわたしの体が美しいと、そう言っているのだろうか？

ジェイクは男の体は美しくないと言ったけれど、そんなことはない。

わたしの目に映る彼の体は美しい。ギリシアの太陽に焼けた肌、手も足も筋肉が引き締まっていて、女性のわたしとは違う。胸だってそうだ。もし彼の胸に触れ、キスをしたら、わたしが彼のキスに感じたと同じ情熱を、ジェイクも感じるかしら？

そう考えただけで、肌がかっと燃えた。手を伸ばしてジェイクに触れたい。柔らかな絹のような胸毛に指を這わせたい。彼のにおいを吸い込みたい。抑制をすべて忘れ、どれほど彼を欲しているか、必要としているか、この手と唇で彼に示したい。ロージーはそうした誘惑に逆らって、両脇で固くこぶしを握り締めた。

「ロージー……」

ジェイクを見返す彼女の表情は率直で、なんの隠し立てもなかった。ロージーの目に浮かんだものを見て、ジェイクはこらえきれずに彼女に手を差し伸べた。思慕の思いと欲求……。彼女の瞳の無言のメッセージにかき立てられ、思わず声がもれてしまう。

「抱いてくれ、ロージー」ジェイクは彼女の唇にささやきかけた。「抱いて……触って……愛してほしい……」

たぶん、これがわたしがもっとも望んでいたことなんだわ。自分自身の官能の力を思い知らされるのではなく、ジェイクの弱さや傷つきやすさ、そして欲求を発見すること。男性の体も、女性と同様傷つきやすく、ジェイクがわたしを傷つける力を持っていると同様、わたしも彼を傷つける力を持っていると気づくこと。わたしが触れると彼がどうなるかを知ること。それがわたしの望んでいたことだった……。

ジェイクはくぐもった声でロージーの唇にささやきかける。「きみが望むものはなんでも、ロージー……なんでも、きみの望みどおりにする……」

〝あなたが欲しいの。あなたがどうしても必要なの……愛しているのよ〟ロージーはジェイクにそう告げたかった。けれど、実際には口に出さなかった。その代わりにおずおずと手を差し伸べ、彼に触った。肩の線をなぞり、肌の温かさをたしかめた。触ると彼は反応する。わたしが欲しいと言ったジェイクの言葉に嘘はなかった。彼の顔を見ればわかる。

わたしが今学んでいること……今経験していることは、本当ならとっくに知っているはずのことだったんだわ。興奮を隠そうともしないジェイクの様子を目にして、ロージーは驚きでいっぱいになった。何より思いがけなかったのは、自分の体の反応だった。ジェイクの体に触れキスすると、自分も同時に興奮する。彼を見ているだけで体が燃えてくる。

ジェイクの腹部に唇を押し当ておずおずと愛撫すると、彼の体に震えが走る。そんな彼の姿を見て体がうずき、ロージーははっとして動きを止めた。

「ロージー……いいんだよ」ジェイクは彼女を安心させようとした。だが、ロージーは自分の欲望の激しさに真っ赤な顔をしたままかぶりを振り、彼の手を取って自分の体に当てた。こうしてよかったのかしら？　ロージーは自信なげにジェイクを見つめた。彼が触ってくれるまで待っていたほうがよかったかしら。

ジェイクはロージーのデリケートなところに触れた瞬間、彼女の高まりを感じた。

「ロージー……」ジェイクは彼女の唇に、胸に、そして腹部にキスした。そのあいだも、優しく愛撫を続ける。彼はひたすら自分の欲望を抑え、ロージーの望みを優先させた。彼女の体が語るまま、おもむくままに任せた。

腿の内側にキスすると、ロージーは震え、体をこわばらせたが、彼を押しのけようとはしなかった。

ロージーに触りたい、知りたい、愛したい。彼女に愛とはどんなものかを教えたい。ジェイクの体の中を、痛いほどの欲求が駆け巡った。

ロージー……。もうだめだ。これ以上自分を抑えられそうもない。ジェイクは、なすすべもなく彼女の名前を呼んだ。彼女のすべてを知りたい。この欲求にはもう逆らえない。親密な愛撫を始めると、ロージーはとたんに体をこわばらせた。ロージーがいやがったらすぐやめよう。ジェイクは自分にそう言い聞かせていたが、彼女を知る喜びに何もかも忘れてしまった。愛撫に震えるロージーの体を感じると、もう何があっても彼女を放せなかった。

ロージーは体をそらし、よじり、押しつけてくる。

甲高い乱れた声をあげ、彼を押しのけようと、指を髪に差し入れて強く引っ張る。だがジェイクは彼女を放そうとしなかった。どうしても放せない。ロージーの体を走る震えが、強い歓びのさざなみに変わるのを感じるまではだめだ。

すべてが終わったあとも、ジェイクは愛撫を続けた。腿の内側に優しく口づけし、肌をなでながらゆっくりと上半身にキスを移していく。ロージーに触れ、一瞬一瞬彼女をいとおしみながら愛撫を続け、口元までたどり着いた。ロージーの下唇には歯の跡が残り、閉じたまぶたからは、今もゆっくりと涙がこぼれ落ちている。

そのうえ彼女はショックを起こしたように震えている。ジェイクは両腕をまわしてロージーをすっぽりと抱き締め、優しく揺さぶった。

「大丈夫だよ、ロージー。大丈夫……」

ロージーはひと言もしゃべらなかった。口がきけなかった。わたしはなんて激しく彼の愛撫に応えたのだろう。ロージーは、さきほどのショックがまだ抜けなかった。歓びを知った今、性の歓びを彼に教えられた今、どうしてこれを忘れられるだろう。

いったい、どうすればいいの？　パニックがわき起こってくる。ジェイクへの愛に気づいただけでもひどいことだったのに、今では肉体の歓びまで知ってしまった。これから先、毎晩毎晩、今夜のことを思い出し、彼を求めて焦がれながら、眠れぬままに横たわっていなくてはならないのだ。たった今味わった肉体の歓びの極みは、単に体が結びついただけでは得られない。愛があったからこそ得られたのだ。ジェイクに愛される喜びを知ることはもう二度とない。

ロージーは思わず下唇をきつくかみ締め、とたんに声をあげた。傷ついていたところをまたかんでしまったのだ。

まわされたジェイクの腕に、即座に力が込められた。「大丈夫だよ、ロージー……もう眠るんだ……心配いらない……」

眠るですって？　眠れるわけがないわ。わたしは眠りたくなんかない……わたしの望みは……。ロージーは大きなあくびをし、続いてもう一度あくびをするとそのまま目を閉じた。彼女を見守っていたジェイクは苦笑いを浮かべながらロージーの頭を肩にもたせかけた。上がけを引き上げて二人の上にかけ、手を伸ばして明かりを消した。

ロージーははっとして目を覚ました。何かが欠けているような気がする。けれどそれがなんなのか、眠けが覚めて頭がはっきりするまでわからなかった。彼女はベッドにひとりだったのだ。

「ジェイク……」ロージーは思わず彼の名前を呼んだ。返事が返ってくるとは思っていなかったので彼が突然戸口に現れたときはさっと緊張した。

薄暗がりの中、ロージーは心臓をどきどきさせながら彼の姿をじっと見つめた。

「わたし……あなたが帰ってしまったのかと思ったの」

というより、帰ってくれていたらと思ったのではないだろうか。ジェイクはむっつりと思いながらロージーに近づき、ベッドの端に腰を下ろした。すべてのルールを破ってしまった。するまいと自分に誓ったことを全部してしまった。そのせいでロージーを失ってしまうのだ。彼女の瞳はそう語っている。彼女はぼくの顔を見ることさえ耐えられないのだ。

「ロージー……」ジェイクが口を開くとロージーが激しい口調で彼をさえぎり、先を言わせなかった。

「何も言わなくていいのよ、ジェイク。昨夜のことは、あってはいけないことだったんだわ。二人ともわかっていたのよ。わたしがいけなかったの……わたしは、あんなことをしては……」

「きみのせいだって？　とんでもない。責められるとしたらそれはぼくのほうだ。ロージー、きみじゃないよ」

ロージーは向き直って彼を見た。ジェイクには、暗がりの中できらりと光る彼女の目が見えたし、その緊張ぶりや、いかにも無防備な様子が感じ取れた。起き上がったとき上がけがすべり落ちてしまったことさえロージーは気づいていないようだ。それとも、裸の胸がぼくにどんな効果を及ぼすかわかっていないだけだろうか？

「愛撫を始めたのはぼくさ」ジェイクは優しく指摘した。

「でも、わたしだってあなたを止めなかったわ……。わたし……」ロージーは唇をかんで言葉を切った。

いけない！　もう少しで彼に自分の思いを告白してしまうところだった。「わたしだって、まるっきり何もわからないわけじゃないわ。男と女の性の違いくらい知っているわ。男の人って、愛情と体の関係を結ぶことは別なんでしょう？　相手の女性を愛していなくても、ベッドを共にできるのよね……」そう言うと彼女は顔をそむけた。

ここで間違ったら大変なことになる。まるで地雷の埋まっている道を進んでいくようなものだ。ロージーが本当に言いたいことはなんなのだろう。ジェイクは彼女の心の内を推し量りながら、そう感じていた。

「ベッドを共にするだけならそうさ」ロージーの顔を見つめながら彼はうなずいた。顔をそむける前に彼女の瞳に浮かんでいたのは、本当に苦痛だったのだろうか？　それとも、単にぼくの思いすごしだったのだろうか。

これ以上、何を失うものがあるのだ。ジェイクはむっつりと自分に問いかけた。プライドだけだ。そんなもの、なくしたからといってどうってことはないじゃないか。

「ベッドを共にするだけならね、ロージー」彼は手を伸ばし、ロージーの顔を優しく包んで引き寄せながら繰り返した。「でも、愛をかわすとなると……それは別さ。ロージー、ぼくはきみと愛をかわしたんだ。きみがぼくとベッドを共にしただけだとしてもね」

ロージーはじっと黙り込み、身動きひとつしなくなった。その顔は無表情で、なんの感情も反応も見せていない。

「ロージー、きみを愛しているんだ……長いこと愛してきたんだ……」ジェイクは口元をゆがめた。「それはずいぶん長いあいださ。一人前の男が、まだほんの子供に恋をしたと気づいたらどんな気がするかわかるかい？　たとえその子が、体つきはもう子供じゃなかったとしてもだ。あの晩、ベッドにいるきみを見て、ぼくがどんな思いをしたかわかるかい？」

ロージーの体に緊張が走り、瞳に苦痛が揺らめいた。

「気をつかってくれなくてもいいのよ」彼女はむきになって言った。「ジェイク、突然あなたを愛していることに気がついたからといって、わたしは取り乱したりしないわ。だから、わたしを気の毒がることはないのよ……愛しているふりなんかしなくたって……」

一瞬、ジェイクは驚きのあまり口がきけず、ロージーのくぐもった、しかし激しい感情の込められた言葉が聞き取れなかった。

「あなたがわたしとベッドを共にした理由はわかっているわ。あなたは……リッチーのことがあったからそうしたのよ。わたしにはわかっているの……あなたの哀れみなんか欲しくないわ。わたしは欲しくない……」ロージーはジェイクの顔も見ずに、低い声でせき込むように言った。

「なんだって？」ジェイクは荒々しい声を出した。不意に自制心がなくなり、ジェイクはロージーの肩をつかんで揺さぶった。「欲しくないって、何が欲しくないんだ、ロージー？　ぼくか……？　ぼくの体か、欲望か、それとも愛か？　きみが欲しがろうと欲しがるまいと、みんなきみのものだ。もっと言おうか？　きみはどれも欲しがらないかもしれないが、ぼくはきみのどれも欲しいんだ。でも、それだけじゃない。ロージー、きみの心も欲望も愛もきみの人生も……何から何まで欲しいんだ。心も体も何もかも、きみのすべてをぼくのものにしたい。だから、哀れみだの同情だのって、もう一度口にしたりしたら……」ジェイクはふと言葉を切り、かぶりを振った。「ロージー、すまない……こんなことを言うべきじゃ……」

ロージーは震える手を差し伸べ、ジェイクの口元に触れた。

「いいの……もう、何も言わないで」彼女は低い声で言った。「ジェイク、言葉じゃなくて行動で……体でわからせて」

彼にすがりつきキスをするロージーの体は震えていた。無我夢中で小刻みにキスする行為が彼女の感情をあらわにしていて、それがジェイクの感情をかき立てた。

彼はロージーを抱いた。今度は、体と体のたしかな結びつきだった。ジェイクに導かれ、ロージーは歓びの頂点に昇りつめた。

しばらくして、ロージーがジェイクにぴったり身を寄せていると、耳元にささやきかける彼の声がした。

「クリシーが話していたテントだけど……ぼくたち

の結婚式に使うというのはどうだい？」

「そんな……あんまり急だわ」ロージーは思わず逆らった。「両親が……」

「大丈夫、お二人とも戻ってきてくださるさ。クリシーがちゃんと取り計らってくれるよ。それに……」ジェイクは暗闇《くらやみ》の中でそっと彼女にキスし、腹部に触った。ジェイクは暗闇の中でそっと彼女にキスし、

ことがすぐにわかった。ロージーには彼の言おうとしている

ぼくたちの子供には愛に包まれて生まれたんだと信じてほしいからね」

二人がニュースを告げると、クリシーは大喜びした。

「いいから、すべてわたしに任せておきなさい」彼女は二人にきっぱりと言った。

「これは何かしら？」きれいに包装された小箱を手渡され、ロージーはためらいがちにジェイクに尋ねた。

ジェイクと結婚して三カ月あまりだが、ロージーはこのうえなく幸せだった。過去の暗い影はすっかり消え、もう恐怖や脅威を感じることはない。二人はギリシアでの二週間の休暇から戻ったばかりだった。ジェイクはマリーナの株を手放さずにおくことにしたものの、実際の経営からは極力身を引くことに決めた。

「きみと離れていたくないからね」この問題を話し合ったとき、彼はロージーに言った。「きみには仕事があるから、いつもぼくと一緒にギリシアに行くというわけにはいかない」

そこでジェイクは、ロージーに仕事より結婚生活を優先するようにと言う代わりに、自分のほうがそうすることに決めたのだった。

「ぼくの人生で何より大切なのはきみだからね、ロ

ージー。これまでさんざんきみを待ち続け、望み続けたんだ。やっと一緒になれた今は、二人の絆《きずな》を何より大切にしたいのさ」

ロージーにはジェイクに内緒にしていることがひとつあった。それは、今の仕事を引き継いでくれるパートナーを近いうちに探すことになりそうだということだった。子供ができたのだ。

ロージーがプレゼントの包みを開けると、繊細な鎖の先に小さな金のテディ・ベアの下がったペンダントが出てきた。黙っていたのに、彼は子供ができたことに気がついたのかしら？

「日にちが合っているかどうか自信がないんだが……たぶん、今ごろじゃないかと思ったんだ」ジェイクの落ち着いた言葉で、ロージーははっと気づいた。これは二人の間にできた子供のためのものではなく、人知れず流産した子供のためのものなのだ。

彼女は涙をにじませながらジェイクの胸に飛び込んでいった。

「流産した子供のことを悲しんでも……話してもいいんだよ」彼はロージーを抱き締めながら低い声で言った。「きみがどんな思いをしたか……どんな苦労をしたか、忘れていないよ。きみがぼくをいちばん必要としていたときに、ぼくはそばにいてあげられなかったんだ」

ロージーは胸がいっぱいになって首を横に振るばかりだった。「ジェイク……」

「リッチーを結婚式に呼ぶのは勇気がいったはずだ。何事もなかったような態度で彼に接するのは大変だったろう。わかっているんだよ……」

「リッチーのことはもう気にならないわ。本当よ、ジェイク。彼とのこと……あのことはもういいの。子供を流産したことは別よ。ただ、それも、わたしが流産するようにって思ったから流産したんじゃないってわかったわ。あなたが過去のつらい思い出をいいものに変えてくれたのよ」

ロージーはジェイクにキスし、いたずらっぽく笑いかけた。

「ただ、これを買ったのは残念だけれど……」

「残念だって？」ジェイクは急に眉をひそめた。

「ロージー……」

「それはね、もうひとつ買わなければいけなくなるからよ」

彼の顔を見ながらロージーは言った。意味がわかったとたん、ジェイクの表情は一変した。

「うれしい？」ロージーはジェイクの熱い口づけを受けたあと尋ねた。

「うれしいかだって？　きみはぼくの子供を宿しているんだ。うれしいなんて言葉では、とてもぼくの気持を表せないよ」ジェイクは彼女をきつく抱き締めたまま、感動を包み隠すことなく続けた。「いつかきみがぼくを愛してくれるとも思わないで、ただひたすらきみを愛し続けてきた。今でも、これは現実なのだろうかと思うときがある。でも、きみをこの腕にしっかり抱き締めて愛をかわすと、きみの瞳は語っているんだ。嘘じゃないわ、本当に愛しているわって。ああ、もちろん喜んでいるさ。うれしいに決まっているじゃないか」

ジェイクはロージーの唇にささやきかけた。

「こっちにおいで。どれくらいぼくが喜んでいるか見せてあげるから……」

「それはいい考えね……とてもいい考えだわ」ロージーはキスを始めたジェイクの唇に、うっとりとささやき返した。

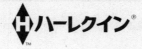

ハーレクイン・ロマンス　1994年10月刊（R-1118）

愛は悲しみを越えて

2020年5月5日発行

著　者	ペニー・ジョーダン
訳　者	大島ともこ（おおしま　ともこ）
発行人	鈴木幸辰
発行所	株式会社ハーパーコリンズ・ジャパン 東京都千代田区大手町 1-5-1 電話 03-6269-2883（営業） 0570-008091（読者ｻｰﾋﾞｽ係）
印刷・製本	大日本印刷株式会社 東京都新宿区市谷加賀町 1-1-1

ISBN978-4-596-13491-2 C0297

◆◆◆◆ ハーレクイン・シリーズ 5月5日刊 発売中

ハーレクイン・ロマンス　愛の激しさを知る

花嫁は屋根裏で夢を見る	アビー・グリーン／藤村華奈美 訳	R-3489
秘密のシンデレラ契約	ハイディ・ライス／山本翔子 訳	R-3490
愛は悲しみを越えて（伝説の名作選）	ペニー・ジョーダン／大島ともこ 訳	R-3491

ハーレクイン・イマージュ　ピュアな思いに満たされる

一夜限りの永遠の恋	スーザン・メイアー／神鳥奈穂子 訳	I-2609
幼い奇跡を抱きしめて	アン・フレイザー／湯川杏奈 訳	I-2610

ハーレクイン・ディザイア　この情熱は止められない！

バージンロードをもう一度（運命の歯車Ⅱ）	アンドレア・ローレンス／大田朋子 訳	D-1897
あなたに決めた（ハーレクイン・ディザイア傑作選）	クリスティ・ロックハート／三浦万里 訳	D-1898

ハーレクイン・セレクト　もっと読みたい“ハーレクイン”

ウエイトレスの秘密の天使	ハイディ・ベッツ／渡部夢霧 訳	K-685
百万ドルの愛人	トリッシュ・モーリ／槙　由子 訳	K-686
罪深き結婚	キャロル・モーティマー／吉田洋子 訳	K-687

ハーレクイン・ヒストリカル・スペシャル　華やかなりし時代へ誘う

公爵の小さな妖精	ララ・テンプル／高橋美友紀 訳	PHS-230
謎めいた後見人	ゲイル・ウィルソン／下山由美 訳	PHS-231

※予告なく発売日・刊行タイトルが変更になる場合がございます。ご了承ください。

“ハーレクイン”の話題の文庫
毎月4点刊行、お手ごろ文庫！

4月刊
4月10日
発売

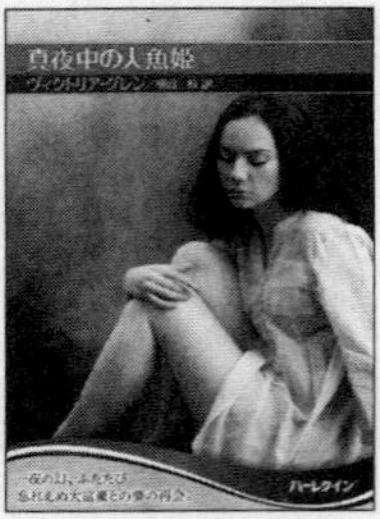

『真夜中の人魚姫』
ヴィクトリア・グレン

夜更けの湖を一糸まとわぬ姿でひとりで泳いでいたダイアナ。大富豪チェイスにその姿を見られてしまう。5年後、湖畔の屋敷を購入した彼が再び村に現れて…。

(新書 初版：L-339)

『赤いばらの誓い』
スーザン・フォックス

リーナは横暴な父親に突然、隣の大牧場主フォードと結婚するよう命じられた。魅力的なフォードがまさか自分に関心を持つはずなどないと思っていたのに…。

(新書 初版：I-1561)

『黒いドレスは幸運の印』
スーザン・ネーピア

親が決めた結婚から親友を救うため、縁談相手ライアンの愛人を装ったジェーン。しかし数年後、ライアンは鬼と化してジェーンの前に現れた！

(新書 初版：I-1200)

『心の鎖』
イヴォンヌ・ウィタル

婚約者を亡くし、教師を辞めて帰郷したヘレンは、謎めいた古城の主サイモンが娘の家庭教師を探していると知り興味を持つ。だが彼は冷酷だと噂されていて…。

(新書 初版：I-216)

※おてごろ文庫は文庫コーナーでお求めください。